人事部長は新入社員

桜木美咲は逃げません

杉山大二郎

目次

第一章　声の大きい人　5
第二章　人事部長桜木美咲　105
第三章　お金より大切なもの　204
第四章　対決　251

第一章　声の大きい人

1

《会社なんて、なくなっちまえばいいのに》

　スマホの画面に表示されたX（旧Twitter）には、涙顔の絵文字アイコンとともに、誰ともわからぬ人の愚痴がポストされていた。

　投稿者は「働きたくないマン」という人気漫画のタイトルをもじったようなふざけたアカウント名で、プロフィール欄や他のポストの内容から察するに、二十代くらいの若者だろう。

　駿河《するが》元康《もとやす》は、朝の通勤快速の吊《つ》り革《かわ》に摑まりながら、胸の内で溜息《ためいき》を吐《つ》いた。

　還暦をすぎて二年が経つが、ヘアワックスで自然に流した髪はだいぶ白髪が目立つものの、まだそれほど薄くなっていない。少しだけ出てきた腹が気にはなるが、五年前に仕立てたスーツは着崩れることなく着こなせていた。

　こんな投稿をして、いったいどういうつもりなんだ。

駿河も若い頃は社会から新人類などと揶揄《やゆ》された世代だったが、最近のZ世代の考えていることには、戸惑うばかりだった。

仕事を生きがいにしろなどと、昭和の価値感を押しつけるつもりはないが、会社があるからこそ、幸せな人生を送れるのだとは思わないのだろうか。

電車の中を見渡せば、乗客たちは皆一様に覇気のない顔でうつむき、手元のスマホの画面を食い入るように見つめていた。もしかしたら、駿河と同じように、このポストを見ている人もいるのかもしれない。

昨夜遅くの投稿だ。まだ八時間も経っていないのに、「いいね」の数が三万件を超えていて、リポストによる拡散も四千件近くになっていた。

これがいわゆる、バズるというやつか。

それにしても会社がなくなってほしいなどというネガティブな投稿に賛同する人が、世の中に三万人以上もいるということに、駿河は驚きを通り越して、企業経営者として責任を痛感する。

たしかにゴールデンウィーク最終日の夜ともなれば、憂鬱《ゆううつ》になる気持ちもわからないではないが、大手IT企業の社長であり、困難な仕事に立ち向かうことにやりがいを見出《みいだ》してきた駿河からすれば、日本の将来が心配になるような投稿だった。

サザエさん症候群と言われるものだ。

休み明け前日の夕方から夜頃になると、学校や会社に行きたくないと物思いに沈んだ気持ちになる。日曜日であればちょうど、テレビアニメのサザエさんが始まる時刻だ。

サザエさんが放送されていない欧米でも、サンデーナイトブルーやブルーマンデーという言葉があるくらいなので、休み明け前日に気持ちが塞《ふさ》いでしまうのは、どうも万国共通のようだ。

「げんさん。どうかしましたか」

左隣に立っていた秘書室長の西川和正《にしかわかずまさ》が、駿河に尋ねてきた。

電車の中では、名字でも役職でも呼ばない。

駿河の名前は元康と書いて「もとやす」と読むのだが、元の字を音読みにして「げんさん」と呼ぶ。できた部下だ。

西川とは長い付き合いになる。

駿河が課長時代からの部下になるから、彼此《かれこれ》二十五年は一緒に仕事をしてきたことになる。阿吽《あうん》の呼吸で、駿河の顔色を読んでくるのはいつものことだ。

駿河は社長になったとき、神奈川支社で営業部長をしていた西川を、管理本部の秘書室長に登用した。以来、駿河を陰日向《かげひなた》になって支えてくれている。

「これを見てくれ」

スマホの画面を見せた。

「なるほど、今どきの若い奴ときたら。いったい、何を考えているんでしょうかね」

ポストを読んだ西川が、口をへの字にして嘆《なげ》く。

「まあ、そう言うな。若者には若者なりの悩みがあるんだろうから」

そう言った駿河も、胸の内では西川と同様の感想を持ったことは黙っていた。

「そんなもの、ありゃしませんよ。うちの息子を見ていればわかります。その場しのぎの薄っぺらな毎日を過ごしているだけです。あれで生きていけるんだから、ほんと、日本は平和です」

駿河より七歳年下の西川は、もうすぐ五十五歳になる。たしか、息子は一浪して早稲田大学に入学したが、五年経っても卒業できずにいると聞いていた。息子に対して、言いたいことは山ほどあるのだろう。

右隣に立っていた社長秘書の築山絢香《つきやまあやか》が、細く描いた眉《まゆ》をひそめながら、

「それってエイジハラスメントです！」

身を乗り出すようにして、駿河の頭越しに西川に食ってかかる。その拍子に、背中まで長く伸びた栗色の巻き髪が揺れた。

「おいおい、エイジハラスメントなんて、大袈裟《おおげさ》だろう」

西川が眉間《みけん》に皺《しわ》を寄せる。

エイジハラスメントとは、年齢や世代が違うことを理由に、差別的な言動をすることだ。

「今どきの若い奴はって言葉は、四千年前の遺跡から発掘された古代エジプト王朝の書記官の手記にも書いてあったそうですよ。いつの時代もエイジハラスメントってあったんですね」

嘘か誠かもわからないような話で言い返す。おそらく、SNSで拾ったネタだろう。

「今どきの若い奴はって言っただけで、エイジハラスメントになるのか」

「どうせ、今どきの若い奴ときたらって言ってから、辛抱が足らんってつづくんですよね。その後には、俺が若いときにはなって説教するんですから。もう、そういうのがハラスメントなんですよ」

身長一七五センチでハイヒールを履いている絢香が、三人の中で一番目線が高いのもあるが、そもそも上司の西川とはしっかりとした信頼関係が築かれていて、まるで父と娘のような歯に衣《きぬ》着せぬ物言いが常となっていた。

絢香もわきまえていて、西川が相手のときしか、このようなぞんざいな口の利き方はしない。だから、西川も絢香には気を許している。というか、見方によっては絢香のパワーに押されていると言うべきか。

「だいたい、俺たちの時代は、もっと真面目に仕事に取り組んでいたんだ。いくら今どきのIT企業はカジュアルな服装が当たり前だからって、社長秘書がそんな短いスカートやノースリーブで手足を出しているのは、上司としてどうかと思うぞ」

「ほら、俺たちの時代はって言った」

「あっ……」

西川が、しまったとばかりに口を噤《つぐ》む。

「それに、そういうのはセクハラですからね。わたしだからいいですけど、他の子に言ったらアウトのやつですよ」

「我が社の社員服務規律に、女性社員の服装は華美にならないようにって書かれているだろう。スカートが短いから、指摘しただけじゃないか」

秘書室長として役員秘書たちを指導する立場にある西川が、女性のスカート丈を揶揄するようなハラスメントを迂闊《うかつ》にするわけがない。本当は良くないとはわかっていながら、気の置けない部下である絢香が相手なので気を許しているところがある。

この二人は地方の地酒が好きという共通の趣味があって、お互いに良い店を見つけては誘い合って、ちょくちょく飲みに行っている仲だ。むしろ本当の親子よりも仲はいい。

絢香が、じっと西川を真顔で見つめる。それから、

「西川さんが言うと、いやらしく聞こえるからアウトです」

にっこりと微笑んだ。

「なんだよ、それ」

「女性にとっては、何を言われたかもそうですけど、むしろ誰が言ったかが問題なんです」

「どういうことだよ？」

「同じことでも、脂ぎったおじさんが言ったらアウトですけど、清潔感のある若い男の子が言ったらセーフです」

「そりゃ、差別だろ」

「当然のことです」

「開きなおるのか」

「ずっと女性を差別してきたのは、むしろ男性のほうじゃないですか」

絢香が勝ち誇ったように口角をあげる。くっきりとアイラインが引かれた目が、挑むように輝きを増した。

「脂ぎったおじさんで悪かったな」

「あら、自覚はあるんですね」

絢香の軽口に、西川が苦笑して肩をすくめる。

「男にとって辛《つら》い時代だな」

「時代は関係ないですよ。女性にとって、男性の評価は変わっていません。昔は裏でこっそり悪口を言っていたのが、今は隠さず堂々とだめ出しが言えるようになっただけのことですから」

「今も昔も、だめなものはだめか」

「当たり前です。足を出しているのは西川さんのためではありませんから」

絢香が、ペロリと舌を出しそうな笑みを浮かべて言い放った。

端で聞いているとハラハラする会話だが、西川と絢香にとっては通常運転だ。

これでも絢香は上司として西川を慕っている。一方の西川も、親子ほど年齢の離れた絢香の言動を、ときとして敬意を払って受けとめていた。

もっとも、アメリカ暮らしの長い帰国子女で誰にも物怖《ものお》じしないパワフルな絢香に、西川がたじたじになっているところがないわけでもなかったが。

「ゴールデンウィーク明けは、いつもより少し混んでいるかな」

駿河はノーサイドとばかりに話題を変えながら、スマホを上着の内ポケットにしまった。顔をあげて吊《つ》り革《かわ》を握り直す。

朝の通勤快速の車窓には、郊外の街並みが絶え間なく流れていた。

コロナ禍以来、車両ごとにいくつかの窓が開け放たれるようになったため、初夏の瑞々《みずみず》しい緑の匂いを孕《はら》んだ風が入ってくるが、そのかわりに空調の利きをいくぶんか犠牲にしてしまう。

少し蒸すな。

左手首のロレックスに目を落とすと、ちょうど七時三十分をすぎたところだ。

朝の通勤快速とはいえ、まだラッシュアワーには少し時間がある。

すべてのシートが埋まり、吊り革も揺れる暇がないほど握られていたが、乗客同士が肩をぶつけ合うほどの混雑ではない。それでも人熱《ひといき》れで、少し息苦しさを感じた。

駿河は従業員数およそ一万八千人の大企業である、ハピネス・ソリューションズ・ジャパンの代表取締役社長だ。

ハピネス・ソリューションズ・ジャパン——通称、HSジャパンは、売上高七千億円、全国三百六十二箇所に拠点を持つ、日本を代表するIT企業だった。HSアメリカやHS

ヨーロッパなどの海外グループ企業を合わせた総従業員数は、五万人を超える。

七十年前の創業時はカメラや双眼鏡などの光学機器を開発・製造・販売していたが、その後は複写機（コピー機）やプリンターなどの事務機器を主力商品として成長をつづけた。

企業におけるコンピュータ・ネットワークの普及や社会的な環境保護意識の高まりとともに業務のペーパーレス化が加速したことで、現在はシステム・インテグレーション（情報システムの構築や保守サービス）が事業の基盤となっている。

次の停車駅が近づいてきたようで、電車が速度を落としはじめた。

ハピネス・ソリューションズ・ジャパンほどの大企業ともなると、駿河を含めて専務以上の役員は、運転手付きの専用車を支給されている。駿河も普段は社長専用車であるレクサスLS500hで、通勤や仕事の移動をしていた。電車に乗って通勤することなどない。

多くの大企業の役員が専用車で通勤するのは、何も見栄《みえ》を張りたいわけではない。満員電車を回避することで、スリや痴漢冤罪《えんざい》などの犯罪から経営陣を守るという重要なリスク対策になっているのだ。

専務以上の役員は社内規程により、自家用車の運転をすることさえ禁止されていた。

駿河も近所のスーパーに買い物に行くにも、必ず妻に運転をお願いしている。休日のゴルフは、社長専用車で送迎してもらっていた。

万が一にも大企業の役員が運転中に事故を起こせば、すぐにニュースや新聞に名前が出てしまう。人身事故なら、経営や株価にも多大な影響が出てしまう。

それを天秤《てんびん》にかければ、マイカーの代わりに運転手付きの専用車を手配することなど、企業にとっては安い経費なのだ。

そんな駿河だったが、定期的に、お忍びで電車通勤をしていた。

ＩＴ企業の経営者として、常に世の中の動向を肌で感じていたい。

その情報収集のために、朝の通勤時間帯の電車内は、欠かせない場の一つなのだ。

管理本部に相談し、秘書室長の西川と秘書の絢香が同行することを条件に、三ヵ月に一度だけ、電車通勤を許可してもらっていた。

知りたいのは、学校や会社へ行くための電車の中で、学生や会社員が何をして時間を潰《つぶ》すのかということだ。

市場の変化は急速だ。

それが顕著に見えるのが、朝の通勤時間帯の電車内だった。

二十年前の電車内ならば高校生は単語カードをめくり、大学生は文庫本か漫画雑誌を、社会人は新聞か週刊誌を読んでいる人が多かった。それがモバイルパソコンに変わり、やがてタブレットパソコンに変わり、今では小学生さえスマホ（スマートフォン）をもっている時代だ。

ＣＤや紙の書籍の販売量は激減をつづけ、音楽はもちろん書籍や漫画や映画まで、スマホでダウンロードして楽しめるようになった。

社会現象とも言えるほどのヒット商品だったＡｐｐｌｅ社の携帯型デジタル音楽プレイ

ヤーであるiＰｏｄでさえも、スマホに取って代わられ、二〇二二年には最終モデルが販売終了している。

そして今は、サブスク（サブスクリプション）が全盛だ。

サブスクとは商品やサービスを一定期間、決まった金額で利用できるビジネスモデルのことで、映画が見放題だったり、書籍や漫画が読み放題だったりする。とくにコンテンツを端末に保存せずに、オンライン環境でリアルタイムに音楽を聴き放題にできるストリーミングサービスは、若者に絶大な人気となっていた。

「しかし、誰も彼もが取り憑《つ》かれたようにスマホだな……」

駿河は、誰に言うでもなくつぶやいた。

うつむいてスマホに視線を落とす乗客たち全員が、まるで能面でも被《かぶ》っているかのように同じ表情に見える。

「本当ですね。新興宗教の信者みたいだ。スマホ教ですよ。改めて見渡してみると、なんだか薄気味悪いくらいです」

西川が車内の様子を眺めながら、声をひそめて言った。

「スマホ教か。たしかに、そうかもな」

「この間、テレビでおもしろい話をやってましたよ。ドラマに主演している人気女優が、仕事で移動する際に、道が混んでいたので仕方なく地下鉄に乗ったそうです。急なことで変装用のサングラスや帽子もなかったのに、誰一人として彼女に気がつく人はいなかったそうです」

「みんな、スマホを見ていたということか」

「まあ、まさか地下鉄で隣に人気女優が座っているなんて、誰も思わないでしょうけど」

たしかに今も、立っている客も座っている客も、ほぼ例外なくスマホを見つめている。シートで居眠りをしている老人さえ、手にスマホを握ったままなのは、ある意味で異様ともいえた。

「えー、そうですか。そんなの普通だと思いますけど」

駿河や西川の反応をおもしろがるように、絢香が口を挟む。

「スマホに夢中になるのが普通か」

駿河の言葉に、

「というより、スマホがそれだけ重要な社会インフラになっているってことじゃないですか」

何を今さらと言わんばかりに絢香が答えた。

「築山さんは、いつからスマホを使っているの？」

駿河は尋ねた。

「アメリカでは中学生になってすぐに使いはじめた友達も何人かいましたけど、わたしは高校の入学祝いに親に買ってもらいました」

親にスマホを買ってもらう中学生が、当たり前にいる学校か。

裕福な暮らしぶりがうかがえる。

たしか絢香は父親の仕事の都合で、小学生の頃にアメリカに渡っていたはずだ。高校まで田舎の公立校に通っていた駿河には、まったく想像ができない。

「それにしたって中高校生からスマホを使っている世代か。まさにデジタルネイティブだな」

デジタルネイティブとは、物心ついた頃からインターネットやパソコンのある生活環境で育ってきた世代のことだ。

絢香はアメリカの大学を卒業してから、二年間はアメリカの企業で仕事をしていた。帰国後にハピネス・ソリューションズ・ジャパンに入社したキャリア採用組で、英語と日本語の両方で夢を見るというバイリンガルだ。

経営戦略本部経営企画室の配属だったが、経営を学ぶことを目的に、去年から二年間の期間限定で秘書室預かりになり、ちょうど同じタイミングで停年退職した社長秘書の後任を務めていた。一を言えば十を知る才媛《さいえん》で、すでに駿河にとって秘書というより、ビジネスパートナーになりつつある。

「築山さんも本や音楽をスマホで楽しんでいるのかい？」

「もちろんです。スマホで音楽を聴かない人なんているんですか？」

いくらなんでも、それは言いすぎな気がするが、たしかに駿河自身も利用頻度は高くないまでも、サブスクで音楽を聴いていた。

「まあ、たしかに音楽の利用者は多いかもしれないな」

「他にもいろいろ便利に使ってますよ」

「他にもって？」

六十二歳になる駿河だが、それでもIT企業の社長である。同世代の中ではスマホを使いこなしているという自負はあった。

ハピネス・ソリューションズ・ジャパンのコラボレーション・プラットホームであるMicrosoft Teamsを使って、社員間のチャットや社内の情報ファイルの共有、オンライン会議の参加も不自由なく行っている。

電子マネーやクレジットカードはもちろん、様々な交通機関のアプリも登録していた。

以前、東京から大阪経由で福岡へ行く三泊四日の出張の際、うっかり財布を自宅に忘れてしまったことがあったが、在来線やタクシーはもちろん、飛行機も新幹線もスマホによるチケットレスで問題なく利用することができた。ホテルのチェックインや食事の支払いまで、すべてスマホで決済できて、財布を忘れたことに気づいたときの不安な気持ちが、呆気《あっけ》ないくらい帳消しになった記憶がある。

もちろん、駿河の秘書である絢香は、その失敗談をよく知っていた。

「買い物はネットショッピングですることが多いですし、番組の録画予約や炊飯器のタイマーのセットとか、家電の操作を外出先からすることは多いですね」

「番組の録画予約までスマホでできるのか」

「予約だけじゃないですよ。録画した番組を、スマホで観ることもできます。わたしはお気に入りのドラマは帰宅時の電車の中で観るので、残業があっても見逃すことはないです」

「残業が多くてすまないね」

駿河は気まずくなったわけではないが、なんとなく話の流れで詫《わ》びの言葉を口にする。

それを絢香が笑って受け流した。

「あっ、そうだ。わたしが住んでいるマンションのインターフォンも、スマホと連動しているんですよ」

「インターフォンだって？」

これには西川が驚きの声をあげる。

「ネットショッピングで買い物をするじゃないですか。配送日が指定できない商品もあって、平日の勤務時間中に配送が来ちゃうことがあるんですけど、配送業者さんがインターフォンを押すと、自宅にいるのと同じようにスマホで応答ができるんです。通話もできれば、相手の画像も見られるので、宅配ボックスに入れておいていただくようにお願いしています。一人暮らしのわたしでも、宅配の受け取りで困ることはないですね」

「外出中に来客対応ができるのか」

「ネットに繫《つな》がりさえすれば、海外にいても自宅のインターフォンの応答ができます」

「まいったな」

「それに帰宅後の宅配ボックスの解錠も、スマホに登録してある交通系ICカードでタッチするだけなので、暗証番号とか面倒な操作とかはいらないんです」

「便利なものだ」

「スマホがない生活には、もう戻れないですね」

駿河や西川には驚くことばかりだが、絢香からすれば、誰もがスマホから目を離さない電車の中の光景は、むしろ当たり前の世界なのだろう。

「すごい時代になったものだな」

駿河の何気ない言葉に、

「日本を代表するIT企業の社長が何をおっしゃってるんですか」

絢香がおもしろそうに肩を揺らした。

「おぎゃー、おぎゃー」

突然、赤ん坊の泣き声が車内に響きわたる。

このときばかりは周囲の乗客たちが、まるで申し合わせたように一斉にスマホから顔をあげた。駿河たち三人も、泣き声のほうに視線を向ける。

先ほど停車した駅で乗り込んできたのか、駿河たちのすぐ近くのドア付近に、二十代半ばくらいの若い女性が、抱っこ紐《ひも》をして胸に赤ん坊を抱えていた。

赤ん坊は一歳を少し超えたくらいだろうか。黄色の半袖《はんそで》のロンパースに身を包んでいる。

女性は会社へ向かう途中のようで、淡いベージュのノーカラージャケットとストレッチパンツ姿で、背中にはモスグリーンのビジネスリュックを背負っていた。女性が小柄なせいか、背中のビジネスリュックがやけに大きく見える。

女性の手に握られているのはスマホではなく、かわいらしい動物のキャラクターがプリントされたトートバッグだ。赤ん坊の着替えなどが入っているのかもしれない。出勤前に赤ん坊を保育施設に預けに行くのだろう。

「おぎゃー、おぎゃー、おぎゃー」

赤ん坊の泣き声は、どんどん大きくなる。

先ほどの駅でたくさんの客が乗り込んできたことで一層混雑しており、車内の蒸し暑さはさらに増していた。

母親は小刻みにリズムを取るようにして身体を揺すって赤ん坊をあやすが、まったく泣きやむ様子はない。

「ちっ！」

すぐ近くから、わざとらしく大きく舌打ちをする音がした。母親は、ビクッとして小柄な身体をいっそう小さくするように丸めると、泣きそうな顔で赤ん坊をあやしつづけた。

それでも赤ん坊は泣きやまない。

母親の不安な気持ちが伝わったのか、むしろ泣き声はさらに大きくなった。ついには火がついたような大声をあげる。かわいそうに息をするのも苦しそうなほどだ。

「おいっ、うるさいぞ！　静かにさせろ！」

斜め前に座っていた中年男性が、母親を怒鳴りつけた。恐らく先ほど舌打ちをした男だ。注意ではない。憎悪に満ちた罵声《ばせい》を唾棄《だき》するようにぶつけている。

「ごめんなさい」

「ごめんじゃないよ。こっちは毎日の仕事で疲れ果ててるんだ。朝の電車の中は貴重な休息の時間なんだぞ。それをギャンギャンと、やかましい泣き声を聞かせやがって。いったい、どういうつもりなんだ」

駿河は、怒鳴り声をあげている男を見た。

ダークグレーのスーツに白地のワイシャツ、そして紺縞《こんじま》のネクタイを締めた服装は、いかにも企業戦士を思わせた。染みの浮いた肌と薄くなった髪の感じは、五十代くらいの中間管理職といった感じだ。

たしかに、仕事に追われてくたびれた様子が滲《にじ》み出ている気がする。だが、ゴールデンウィーク明け初日の朝に仕事で疲れ果てているとまで言うのは、どうなのだろうかと思う。いや、世の中にはカレンダー通りに休日を取れない企業は山ほどある。男の言葉を疑うのは良くないかもしれない。

「ご迷惑をおかけして、本当にごめんなさい」

男の剣幕に押し潰《つぶ》されそうになりながら、若い母親が再び詫びの言葉を繰り返した。すでに涙声になっている。

「だ、か、ら……ごめんなさいは、いらないんだよ。俺の言っていること、わかる？　いいから、さっさと泣きやませろよ」

「はい、ごめんなさい」

母親が必死で赤ん坊をあやして泣きやまそうとするが、男の怒鳴り声がよほど怖かったのか、車内に溢《あふ》れんばかりの泣き声は、ますます大きくなったような気がした。

「おいっ、いい加減にしろよ！　朝の電車ってのはなぁ、誰だって、ゆっくりと休みたいんだ。いったい何の権利があって、みんなの大事な休息の時間を奪うんだ。朝から赤ん坊の泣き声なんか聞かせやがって、気分が悪くなって、こっちが泣きたいくらいだよ。だいたい朝の混んでいる電車に赤ん坊を連れて乗るなんて非常識だろう。おまえのやっていることは、みんなの迷惑、社会の迷惑なんだぞ。そんなこともわからないようじゃ、母親失格だな。おいっ、わかってるのか！」

男が容赦なく厳しい言葉を叩《たた》きつける。

あまりにも理不尽だった。それでも男のすさまじい剣幕に、母親は赤ん坊を抱き締めたまま震えているしかなかった。その瞳《ひとみ》から、ついには大粒の涙があふれる。

周囲の乗客は、男と母親の成り行きを食い入るように見ていたが、取りなすために割って入る人はいなかった。誰も関わり合いにはなりたくないのか、見て見ぬふりをしている。

社会には、「声の大きい人」というのがいる。

自分は正しいと本気で信じ込み、猛烈な勢いでクレームを入れるのだが、得てして、こういう輩の主張は、見込み違いや思い込みで、社会のルールやマナーからは外れてしまっていることがほとんだ。

つまり、いわゆるクレーマーだ。

それでも本人は正義感に燃え、己の信じる善意から行動しているから始末が悪い。声の大きい人ほど、社会にとっては悪質だ。そして、多くの人はそのことをわかっていても、面倒事と関わり合いになることを避ける。それが世の中というものだ。

「泣けば許してもらえると思ったら大間違いだぞ。おまえのやっていることは、社会の迷惑なんだからな！」

母親が一言も言い返さないことを、言い返せないと解釈したのか、男はますます身勝手な正義感を振りかざす。

母親が不安と恐怖から、小さな身体をブルブルと震わせはじめた。

もう、我慢できない。母親を助けなければ。

駿河は男と母親の間に割って入ろうと、身体の向きを変えた。が、その肩を強くつかまれる。

振り返ると、西川が黙って首を横に振っていた。

「放せ」

「社長、だめです」

げんさんではなく、あえて社長と役職で呼ばれる。その意味はもちろんよくわかっている。

相手は勘違いした正義感に燃えるクレーマーだ。母親との間に割って入れば、言い争いになることは避けられない。

朝の満員電車で大事にでもなれば、駿河だけの問題ではすまなくなる。それを駿河の立場や地位が許さないのだ。

「しかし、だからといって……」

若い母親を見捨てることは、駿河にはできない。

ハピネス・ソリューションズ・ジャパンは、DX（デジタル・トランスフォーメーション）によって、産業構造や社会基盤を支え、人々の暮らしを豊かにすることを企業ビジョンにしている会社だ。創業者の水戸清《みときよし》の座右の銘は「情けは人の為ならず」であり、これは二代目社長の水戸邦光《くにみつ》によって社訓に定められていた。

駿河は、ハピネス・ソリューションズ・ジャパンの三代目の社長である。

目の前の一人の若い母親を助けることもできなくて、どうして社会を良くすることなどできるだろう。

それでも、会社に迷惑はかけられない。西川の懸念もよくわかる。一万八千人の社員とその家族の生活を守っていくことは、社長にとって一番大切な役割だった。

出て行こうとした足が止まってしまう。駿河は歯を食いしばり、手のひらに爪が食い込むほどに手を強く握り締めた。

自分のことが情けない。悔しかった。目の前で起きている問題から逃げようとしている。

これでは大企業の社長だなんて胸を張って言えるものではない。

そのときだった。

「おっさん！　いい加減にしなさいよ！」

淀《よど》んだ空気を切り裂くように、女の声が響いた。

駿河はもちろん、車内の全員が声のほうを見る。

乗客たちを力強く掻《か》き分けるようにして、一人の若い女がこちらに向かってきた。

「だ、誰だ。おまえは……」

シートに座っている男の前に、その女は進み出ると、肩にかかるくらいの栗色のセミロングヘアを右手で颯爽《さっそう》と掻きあげ、それからゆっくりとした動作で、両手を腰に当てて仁王立ちになる。

いかにも新品といったネイビーブルーのテーラードジャケットに、セットアップになった膝上丈《ひざうえ》のタイトスカート姿は、この季節に街でよく見かける新入社員のように見えた。

二十代前半に見える顔立ちからも、きっとそうなのだろう。

漆黒に輝く黒目勝ちの目が、しっかりと男を見据える。

「さっきから聞いてりゃ、言いたい放題言ってくれるじゃない。寝ぼけたことを言ってんじゃないわよ！」

初夏の青空に抜けるような瑞々《みずみず》しい声が、威勢よく男を一喝した。

「な、なんだと！　俺のどこが寝ぼけてるって言うんだ」

「そんなこともわからないの？　あなたが一番迷惑だって言ってるんです」

「俺の何が迷惑だって言うんだ」

「それってパワーハラスメントです！」

「ふ、ふざけるなよ」

「朝から聞くに堪えない暴言のオンパレードで、乗客のみなさんが迷惑してるからやめてほしいわ」

男の唇が、わなわなと怒りに震えている。まさか自分に対して文句を言ってくる者がいるなど、思ってもいなかったのだろう。

若い母親は戸惑いの表情で、突然現れた若い女と憎悪に顔を歪《ゆが》める男の顔を、交互に見比べていた。

「もう、大丈夫だからねー」

女が赤ん坊に顔を近づけ、優しげに微笑みかける。気がつくと、赤ん坊は泣くのをやめて、柔らかな笑みを浮かべていた。女の落ち着き払った様子と笑顔が、赤ん坊を安心させたのかもしれない。

「おいっ！　なんで俺がパワハラなんだよ！」

男が声を荒らげる。

「呆《あき》れた！　自分がやったこともわかってないのね。パワハラは立場が強い人が弱い人に対して、精神的な苦痛やストレスを与えるような過度の批判や侮辱をする行為のことなの。

こちらのお母さんは、赤ちゃんが泣いてしまったことを申しわけなく思っていたから、明らかに弱い立場にあった人です。だから、あなたがお母さんに与えた不安や恐怖は、パワハラ以外の何ものでもありません」

「なんだと……」

「それに、朝の混んでいる電車に赤ん坊を連れて乗るのは非常識だって言ったじゃない」

「ああ、言ったぞ。それの何が悪いんだ。赤ん坊だって辛《つら》くて泣くだろうし、泣けば周囲の乗客だって迷惑する。誰にも良いことなんかないだろう。みんなが迷惑するんだから、非常識だって言ったんだ」

それを聞いた女が大きく溜息《ためいき》を吐く。

「呆れた。ほんと、世の中を知らない大人ほど、ばかなものはないわね」

「俺が世の中を知らないだと！」

男の顔が憤怒に歪んだ。

遠目に見ていてもハラハラするほどだが、若い女は少しも怯《ひる》まない。

「そうよ。満員電車に赤ちゃんを連れて乗らなくちゃいけない、働くお母さんたちの大変さが、ちっともわかってないじゃない。お母さんたちだって、好き好んで満員電車に乗ってるわけじゃないんだから」

「だったら、家の近所の保育所に子供を預ければいいだろう。親の見栄《みえ》で設備の良い遠方の保育所を選ぶから、こんな風に周りに迷惑をかけることになるんだ」

勝ち誇ったように、男がフンと鼻を鳴らした。

「ほんと、何にもわかってないのね」

「な、なんだと……」

「東京二十三区のほとんどの自治体が待機児童ゼロを公表しているけど、実態は全然違うものなの。自宅からかなり遠方の認可外保育園を自治体から勧められて、通わせるのが難しいからと断ると、『特定の保育園等を希望している者』とされて、待機児童数から除外されてしまう。実際には自宅から何駅も離れた遠い保育施設に、仕方なく子供を通わせている共働き夫婦はたくさんいるんだから」

女が一気にまくし立てた。それを聞いていた若い母親が、驚いたように目を見開く。この若い母親と赤ん坊も、苦労して遠方の保育施設に通う親子なのかもしれない。

「どんな理由があろうと、赤ん坊の泣き声は迷惑なんだよ」

男が挑むように、女を睨《にら》みつける。

「あなただって、初めは赤ちゃんだったのよ」

「当たり前だ」

「あなたのお母さんが育ててくれたんでしょう。赤ちゃんの泣き声は迷惑だって、同じ事をあなたのお母さんに向かって言えるの？　この状況をあなたの母親が見たら、いったいどう思うのかしら」

「俺の母親は関係ないだろう」

男の顔色が変わった。

「ふーん」

女が両腕を胸の前で組む。

「とにかく、赤ん坊を連れて満員電車に乗るなんて非常識なんだよ！」

「それ、却下です！」

きっぱりと女が断じた。あまりに堂々としていて、聞いていて清々《すがすが》しいほどだ。

「ふ、ふざけるな！」

男が茹《ゆ》で蛸《だこ》のように顔を真っ赤にして怒鳴る。

「怒鳴ったって、わたしは逃げ出しませんから。大声を出せば、女が黙ると思ったら大間違いです」

「おまえ、生意気なんだよ！　だいたい、他のみんなだって、迷惑だと思ってるはずだ」

「はあ？　みんなって誰よ。この電車の中に、赤ちゃんの泣き声を迷惑だなんて思っている人が、ただの一人だっているわけないでしょう」

女が男のほうに身を乗り出し、美しく整えられた眉《まゆ》をキリッとあげて睨み返した。

「そんなこと、わかるか」

「わかります」

「わかるわけないだろう」

「じゃあ、みなさんに聞いてみましょうよ。ねえ、みなさん、どうですか？」

女が声を張りあげ、周囲に問いかけた。

誰からも返事はない。電車がレールの継ぎ目を越える音だけが、規則的に響く。静まり返る車内。駿河も固唾《かたず》を呑《の》んで見守る。

さすがに朝からこんな騒ぎに巻き込まれたいなどと思う人はいないのだろう。いくら待っても、女の呼びかけに返答する人は現れない。

ほらみろとばかりに、男が勝ち誇ったように口角をあげた。

だが、次の瞬間、流れが変わる。車内のどこからか、拍手が起きたのだ。

パチパチパチ。小さな拍手だった。

初めは一人だけ。やがて、もう一人。そして、また一人。瞬く間に拍手の波が広がり、大合唱となって車内に飽和した。

駿河の隣で、絢香も拍手している。駿河も慌てて力一杯拍手をした。気がつけば、この車両の全員が拍手をしていた。

「子供は、みんなで育てるんです」

今度は女が男に向かって、にっこりと笑みを投げる。

電車が終着駅のホームに滑り込み、スピードを落とす。ブレーキ音が響き、電車が止まった。

「おい、そこをどけ」

覚えていやがれ、というドラマの悪役の捨てゼリフよろしく、男は憎々しげに女を睨みつけると、シートから立ちあがりざまに女を強引に押しのけるようにして、ドアに殺到する乗客の波に飛び込んでいった。すぐにその姿が呑み込まれて見えなくなる。

「あの……。ありがとうございました」

母親がホッとしたように表情を和らげると、女に向かって頭をさげた。

「ママが頑張ってること、ちゃんと赤ちゃんはわかってると思いますよ。そうだよね、赤ちゃん」

女が母親の胸で笑顔を見せている赤ん坊に、顔を寄せながら優しく語りかける。

母親の瞳《ひとみ》が、再び温かな潤《うるみ》にあふれた。女はそんな母親を労るように肩に手を添え、一緒に電車をおりていく。

駿河は、その後ろ姿をしばらくの間、目で追っていた。

2

「なんか、素敵なお店ですね」

簗山絢香は新橋《しんばし》の居酒屋で席に着くや否や、テーブルの上に置かれたカードスタンドに表示されている二次元コード——通称、QRコードをスマホで読み取った。

すぐにサイトにアクセスされ、この店のメニュー表が現れる。

最近は印刷された紙ではなく、専用のウェブサイトのメニュー表を採用している飲食店が増えていた。

お客からすれば料理や飲み物を写真や動画で確認できる安心感があるし、わざわざ店員を呼ばなくても、そのまま注文をすることもできて便利だった。飲食後はクレジットカードや電子マネーでキャッシュレス決済して、自席にいるままで勘定をすませることもできる。

飲食店のほうでも、注文などの顧客対応を効率化できて、人件費削減につながるメリットもあるだろう。大手チェーンだけでなく、個人経営の小さな店でも導入に踏み切る店は少なくなく、こんなところにもDXの波が押し寄せてきていることを感じる。

四人掛けのテーブル席が五組と六人掛けのカウンター席があるだけのこぢんまりとした店だ。厨房《ちゅうぼう》に何人の店員がいるのかは見えないが、客席をまわって料理を運んでいるのは、女性店員一人だけだった。若いので、学生のアルバイトかもしれない。

これでも接客がまわっているのは、DXのおかげなのだろう。絢香はスマホでメニュー表を眺めながら、

「よーし、冷酒を浴びるほど飲みますよ」

腕捲《うでまく》りでもしそうな勢いで喜色を露《あら》わにする。

今夜に備えて、ランチも軽めに抑えてきたのだ。

「おい、涎《よだれ》が垂れてるぞ」

上司である秘書室長の西川和正が、そんな絢香をからかう。

「もう、涎なんて垂れてるわけないじゃないですか」

絢香は抜けるように白い頬をプクッと膨らませると、西川を軽く睨んだ。

社長秘書である絢香は、定時退社をすることがなかなか難しいのだが、今夜は駿河社長が福岡支社に一泊で出張のため、西川を誘って飲みに来ている。

この日の会食を、一週間前から楽しみにしていたのだ。

絢香は、日本酒に滅法目がない。

アメリカの大学を卒業後にニューヨークで仕事をしていた頃に、日本食を食べたくて通っていた和食店で、アメリカ人の板前に勧められるままに飲んだ日本酒が美味《おい》しくて、すっかり虜になった。異国の地で改めて日本酒の良さを知ることになったことが、若い絢香にはかえっておもしろかった。

だが、帰国してみると、同年代の若者には、日本酒を好んで飲む人が少ない。とくに若い女性はサワー派やワイン派が多くて、日本酒を飲もうと誘っても、色良い返事をなかなかもらえなかった。

そんなときに、西川が日本酒党だと知った。

年齢も社歴も大きく掛け離れていることから、日頃の交友関係もまったく違うのだが、それをいいことに日本酒の銘酒を扱っている飲み屋を見つけると、互いに情報交換とばかりに、誘い合って飲みに行くようになった。

絢香にとって西川は、仕事では信頼の置ける上司だったが、退社後は気の置けない飲み友達なのだ。

「社長も今夜は中洲《なかす》あたりで飲んでますよね。わたしも羽目を外してチートデイです」

「なんだよ、そのチートデイってのは？」

「スポーツ選手が減量を中断して、わざと高いカロリーを摂取することなんですけど、女子にとっては日頃のダイエットをお休みして、好きなだけ美味しいもの食べて自分を甘やかしちゃう日のことです」

「築山くらいスタイルが良くても、ダイエットの必要があるのか？」

西川の視線が、一瞬、絢香の胸のあたりに落ちる。

「あっ。今、チラッと胸を見ましたよね」

「み、見てないよ」

「今さら何を照れてるんですか、童貞の高校生じゃあるまいし。だいたい、おじさんのエッチな視線くらいじゃ、ニューヨーク帰りのわたしは動じませんから」

絢香は、あえて両腕を組んで、挑戦的に胸を強調してみせた。

「じゃあ、はっきり言うけど、築山くらいのナイスバディなら、食事を気にする必要はないだろう」

「それ、褒めているつもりかもしれないですけど、わたし以外の人に言っちゃだめですよ」

「どうして？」

「口に出すか出さないかは別にして、ほとんどの女性がスタイルには気を使っているんです。西川さん、奥様に迂闊《うかつ》なこと言ってそうで怖いなぁ」

「そういうものか……」

何か思い当たることがあるのか、西川が一瞬、遠い目をする。

「なんだか心配だなぁ」

「とにかく、築山にとっては日本酒を楽しむ日がチートデイってわけだな」

西川が話題を戻してきた。

「そうなんです。明日《あした》まで駿河社長も出張だし、お互いに鬼の居ぬ間に洗濯といきましょう」

「今頃、げんさんはくしゃみをしてるかもな」

「そうかもしれませんね」

絢香は声をあげて笑う。

「それにしても築山は帰国子女なのに、古臭い日本語を知ってるな」

「そうですか」

「ときどき、俺のお袋みたいなときがあるぞ」

西川が破顔して、熱いおしぼりで顔を拭《ぬぐ》った。

「あーあ、西川さん。顔拭《ふ》いてる」

「いいだろう、別に」

「おじさんって、どうしておしぼりで顔を拭いちゃうんですか」

「おじさんだからだよ。築山だって、拭けばいいじゃないか」

「それって、わたしがおじさんっぽいってことですか」

絢香は西川を睨《にら》む。

「なんだ。自覚はあるんだな」

「ありません」

「遠慮せずに拭いていいぞ」

「できるわけないじゃないですか。メイクが崩れちゃいますよ」

「もう、仕事も終わって飲むだけなんだから、別にすっぴんでも俺は気にしないぞ」

「それもセクハラです」

「すっぴんを見たらセクハラなのか」

「わたしの素顔を見られるのは、未来の旦那《だんな》様だけですから」

「なんだよ、それ。だいだい、旦那様候補なんて、いつできたんだ？」

「いませんよ。彼氏がいたら、西川さんみたいなおじさんと飲みに来るわけないでしょう」

西川がおしぼりで、さらに顔中を拭う。

「おしぼりの起源は、江戸《えど》時代の旅籠《はたご》屋だそうだ」

「旅籠屋って、ホテルのことですよね」

「まあ、今風に言えば、そうだな。長旅で疲れた旅人に、水を張った桶と手拭いを渡してもてなしたんだ」

「なんですか、いきなり」

「つまりだ。おしぼりで顔を拭くのは、日本の伝統文化だってことだ」

「たしかにアメリカでは、おしぼりなんて存在さえしていませんでした」

アメリカ人は自前のハンカチさえもたない。どこのトイレにも、必ずハンドペーパーが備え付けられている。

「じゃあ、アメリカ人は飯を食べる前には、なんで顔を拭くんだ？」

「顔なんか拭きませんよ」

「俺は堂々と顔を拭くぞ」

「はいはい。どうぞ、好きなだけ拭いてください」

絢香はスマホでドリンクメニューを開いた。

この店は西川が取引先との会食で知ったそうだ。

店主が静岡出身で、店の壁一面に備え付けられた大型のガラス戸の冷蔵庫には、静岡の銘酒が一升瓶や五合瓶で、十数種類も並んでいた。

道一本を隔てて銀座《ぎんざ》と接してはいるが、新橋の居酒屋なので、サイトのメニュー表を見る限りでは、料金設定もサラリーマンの懐に優しそうだ。

「静岡の酒は旨いぞ」

西川がネクタイを緩める。

「日本酒と言えば、新潟や兵庫が酒所として有名ですよね」

絢香は背中にかかるロングの巻き髪を、バッグから取り出した水色のシュシュを使い、後頭部の高い位置で一つにまとめた。これが絢香の戦闘態勢なのだ。

「そうだな。酒蔵の数でいえば、日本で一番多いのは新潟で、長野、兵庫、福島、福岡の順でつづいている。消費量も新潟が日本一だ。新潟は良い米の産地だし、何より越後の高い山々から軟らかな雪解け水が豊富に湧き出ている」

「お酒って、やっぱり水が命なんですね」

普段は西川の蘊蓄《うんちく》など、すぐに口を挟んで遮ってしまう絢香だったが、日本酒のこととなれば話は別だ。

絢香が目を輝かせていることに気を良くしたのか、西川がさらに饒舌《じょうぜつ》になる。

「だがな、静岡の酒も新潟に負けてないぞ。なんて言ったたって、日本一の霊峰富士《ふじ》があるからな。水も空気も旨いし、何よりも人が善い」

「水と空気はわかりますけど、人の善し悪しって関係あるんですか」

「当たり前だ。酒蔵で酒を仕込むのは人だからな。富士山を間近で見て育った人が造った酒が、旨くないわけがない」

「なんですか、それ」

「つまりだ。日本一の富士山に育まれた静岡県人は素晴らしいってことだ」

「西川さんって、出身はどこですか」

絢香は横目で西川を見る。

「偶然にも、静岡だ」

「何が偶然ですか」

二人して噴き出した。

西川もスマホでカードスタンドの二次元コードを読み取り、日本酒のメニュー表を開きながら、

「これだよ、これ。二〇〇八年に開催された洞爺湖《とうやこ》サミットの公式食事会の乾杯酒として饗《きょう》されたことで有名になった焼津《やいづ》市の磯自慢《いそじまん》だ。それから天皇陛下が皇太子時代から愛飲されたことで知られる藤枝《ふじえだ》市の喜久酔《きくよい》もある。静岡県産の米と酵母を使って人気の浜松《はままつ》市の花《はな》の舞《まい》も間違いない。静岡最古の酒蔵が造っている藤枝市の初亀《はつかめ》も忘れちゃいけない」

勝手に盛りあがって相好を崩す。

「すごそうなお酒ばかりですね」

絢香も自分のスマホで日本酒メニューをスクロールした。他にも静岡産の銘酒が、ずらりと並んでいる。

「今夜は片っ端から飲んでいこう」

「いいんですか！」

「この店は、二千円で六十分間の地酒飲み放題が売りなんだ。時間制限内だったら、その間はグラス交換制で、全銘柄の日本酒が何杯でもお代わり自由だ」

ここでもサブスクだ。

「すごい！」

「だろ」

西川が自分が褒められたかのように、自慢げに双眸《そうぼう》を和ませる。

「グラス交換制って、どうするんですか」

「一人が一度に一杯までしか注文できないんだ。飲み終わったら、そのグラスと交換で次の注文を受け取れる仕組みだ。六十分間の日本酒飲み放題は、どのタイミングで開始してもかまわない。はじめたいと思ったときに、オーダーしたところから六十分間だ。ただし、追加料金を払っての時間延長はできない。手に入りにくい貴重な銘柄もあるから、あくまで六十分間だけの飲み放題なんだ」

西川の説明に、絢香は笑顔でうなずいた。

なるほど、素晴らしい店だ。

西川が絢香を連れてきた理由がよくわかった。

「最後の一杯を五十九分で頼めばいいんですね」

絢香は、子供が悪戯《いたずら》を見つけたときのように目を細める。

「まあ、そういうことになるな」

「じゃあ、とりあえずはビールを飲んでから、料理がいい感じに来たところで、飲み放題をスタートしましょう」

「築山。それは完全におじさんの発想だぞ」

「放っておいてください。明日の午前中は半休もらってますから、今夜はとことん飲みます」

絢香は、「中生でいいですね」と言ったときには、すでにスマホでオーダーを終えていた。

西川が自分のスマホで、桜えびと生しらすも注文した。

「駿河湾の桜えびとしらすの漁は、三月末頃に解禁になって初夏までが漁期になるんだ。旬の今は、ちょうど美味《おい》しいときだぞ」

「それは楽しみです。わたしはキノコ以外だったら、なんでも大好きですけど、とくに桜えびは大好物なんです」

「キノコは美味しいし酒にも合うのになぁ」

「キノコは松茸《まつたけ》でさえだめです。あの食感が苦手なんですよね」

そう言いながら、絢香は静岡おでんを頼む。黒い出汁《だし》で煮込まれたおでんで、牛すじベースの黒いスープと、具材に青のりや魚のだし粉をかけるのが特徴だ。

「おっ、静岡おでんか。気が利くな。俺は黒はんぺんが大好きなんだ」

黒はんぺんは、鰯《いわし》や鯖《さば》のすり身を使った濃い灰色をしたはんぺんだ。静岡県民のソウルフードと言ってもいい。

取り留めのない会話を楽しんでいるうちに、生ビールが運ばれてきた。

絢香はジョッキを掲げ、

「お疲れ様です」

西川と乾杯をした。

まだ酔っていない一杯目は仕事の話を肴《さかな》に、ゆっくりと飲んでいたのだが、それでも二十分もしないうちにジョッキのビールは残りわずかとなる。

「そろそろ日本酒飲み放題をスタートさせるか？」

そう言った西川のジョッキは、すでに空いていた。

「そうですね。何からいきますか」

「簗山の好きなのでいいぞ」

二人してスマホでメニュー表を見ている。

「じゃあ、おんな泣《な》かせの純米大吟醸で」

飲んだことのない酒だったが、最初にメニュー表を開いたときから、名前が気になっていた。

「島田《しまだ》市の蔵元の酒だな。まろやかな深みがなんとも懐かしい感じの酒で、桜えびともよく合うかもしれないな」

「わたしも素敵な男性に泣かされてみたいです」

絢香はテーブルに頬杖《ほおづえ》をついて言った。

「もう、酔ってるのか？　簗山の場合は、男を泣かせるの間違いだろう」

「なんか、言いました？」

「いや、何も言ってない。気のせいじゃないか」

こんな軽口も、二人にとってはいつものことだ。

西川が地酒飲み放題サービスを注文する。二人とも一杯目は、おんな泣かせの冷酒を選んだ。スマホの画面に、五十九分五十九秒からカウントダウンがはじまる。これならわかりやすい。

程なくして、一合枡《ます》にセットされたグラスが二人の前に置かれた。

「たくさん飲んでくださいねー」

満面の笑みを浮かべた女性店員が、キンキンに冷えた五合瓶から、おんな泣かせを注いでくれる。グラスからあふれ出し、枡にもなみなみと冷酒が溜《た》まった。

こうなるとグラスを手で持つことができない。口のほうから迎えにいって、表面張力で浮きあがった冷酒を啜《すす》ることになる。二人して、同じように唇を突き出して、グラスの縁から冷酒を啜り飲んだ。

「ああっ、染みる」

絢香は目を細める。

「どう見ても、おっさんだな」

その様子を西川にからかわれた。

「いいんです。冷酒が美味しいんだから」

西川を相手に気取る必要はない。それが西川を誘う理由だ。

二人で桜えびや生しらすを肴に、おんな泣かせを味わった。

「次はどうする？」

グラスが空いたので枡に溜まっていた酒を飲んでいた絢香に、西川が尋ねてくる。

「花の舞は、どうですか」

「おっ、いいねぇ。純米吟醸酒があるから、次は花の舞にしよう。フルーツのような華やかな香りを楽しめる、女性にも人気の酒だよ」

すぐに西川がスマホで注文してくれた。

「ありがとうございます」

絢香は喜びを隠さず、最後の一口を大事そうに啜った。

そのときだ。絢香たちのすぐ隣のテーブル席で、

「うるせえ！　つべこべ言わず、あんたは酒をもってくりゃいいんだよ！」

客の一人が、大声をあげながら、右手でテーブルを力一杯叩《たた》いた。

バンッと大きな音が響く。

テーブル席の前には、強張《こわば》った顔で女性店員が立ち竦《すく》んでいた。先ほど絢香たちに冷酒を注いでくれた若い女性だ。

すでに店内は満席だった。狭い店だ。店中の視線が、そのテーブル席と女性店員に集まった。

六十代後半から七十代くらいの高齢男性の四人組だった。

ポロシャツにチノパンのようなカジュアルな服装なので、会社員には見えない。すでにリタイアしている友人仲間だろうか。

四人の中で一番大柄で銀髪をオールバックにした男が、腕組みをして女性店員を睨《にら》みつけていた。テーブルの上には、ざっと見ただけでも冷酒のグラスが十個近くも並んでいる。しかも、ほとんどのグラスが、口をつけた程度にしか酒が減っていない。

「申しわけございません。当店の地酒飲み放題は、グラス交換制になっています。こちらのお酒を飲み終えてからでないと、次をお持ちすることができないんです」

女性店員が、ペコペコと何度も頭をさげながら詫《わ》びた。その顔は今にも泣き出しそうなほど引きつっている。

「そんなことはいいから、言われた通りにしろよ。俺たちはお客様なんだぞ!」

今度は眼鏡をかけた太りじしの男も、言葉を荒らげた。酔いのせいか顔は真っ赤で、呂律《ろれつ》もかなり怪しい。それに同調して口々に文句を言っている他の二人も、何を言っているのか聞き取るのは難しいほど酔っていた。

収拾がつかないような騒ぎになる。この四人は、絢香たちが店に入ったときには地酒飲み放題をはじめていて、すでにかなり酔った様子だった。

どうして歳を取ると、人は怒りっぽくなるのだろうか。

いくら酒に酔っているとはいえ、自分の孫ほども若い女性を相手に、これほどの怒りをぶつけられることが、絢香にはどうにも信じられない。

「声の大きい人ですね」

思わず口に出してしまった。

「なるほどな」

声量の大小を言っているのではないことを、西川はすぐに察したようだ。

「駿河社長がおっしゃってました」

「げんさんが？」

「自分は正しいと本気で信じ込んでクレームを入れる人ほど、見込み違いや思い込みばかりで、社会のルールやマナーからは外れてしまっていることが多いって」

「そうだな。でも、本人は自分こそ正義だと思っているわけだから、他人から間違いを指摘されても、なかなか受けとめることはできないだろうな」

「そういう人って若者に多いと思われがちですけど、実は社会経験豊富な高齢者こそ陥りがちだともおっしゃってました」

「なるほど。俺たちの世代こそ、気をつけなくちゃいけないいな」

西川が自戒を込めるようにうなずいた。

女性店員がおろおろしながら、

「他のお客様にご迷惑がかかりますので、どうかお静かに願います」

と頭をさげるが、声は震えている。

「俺たちが迷惑だっていうのか！　迷惑しているのは、こっちのほうなんだぞ！　あんたはどうせ学生のバイトだろうから世の中のことを知らないかもしれないけど、お客様っていうのはな、神様なんだ！」

これを聞いた瞬間、絢香は西川とともに頭を抱えた。

あちゃー、言っちゃった。

久しぶりに聞いた言葉だ。昭和最大の勘違い発言である。令和の時代にジョークではなく、本気でこの言葉を店員にぶつける客がいることに新鮮な驚きを覚える。

こういうのを、生きた化石っていうんだよね。

「誠に申しわけありませんが、当店の地酒飲み放題サービスは、ご注文をいただいたお酒と空いたグラスの交換制になっています。それに、すでにお客様の制限時間は終了されています」

女性店員が丁寧な言葉で詫びた。

「だから何度も言っているだろう。この店がわけのわからない注文方法をやっているせいで、俺たちは酒を頼めずに迷惑をしたんだ。俺たちの言っていること、わかるか？」

「はい。それについては、ご不便をおかけしてすみません」

「どうせ、この店は年寄りなんか客だとは思ってないんだろう。スマホも満足に使えない弱者を切り捨てる店なんだな」

「そんなことはありません」

「だって、そうだろう。こっちは酒を注文したはずなのに、いくら待っていても酒が来なかったんだ。この店の客をばかにした注文方法のおかげで、俺たちは迷惑を被ったんだぞ」

「お客様をばかになどしていません。当店では少しでもお客様の利便性を向上させるために、スマホでの注文を提供させていただいています」

「客にはそう説明しろって、店長に言われただけだろう。それともマニュアルに書いてあるのか。本当は客の利便性じゃなくて、自分たちが楽をしたいだけなんじゃないか」

「い、いえ。本当にお客様第一で考えています」

「そんなこと言っても、結局、俺たちは注文できずに迷惑したじゃないか」

「はい。ですので、口頭でのご注文対応と時間の延長をさせていただきました」

どうやら、老人たちには二次元コードを読み取って専用サイトで注文することが難しかったようだ。たしかにスマホやネットの利用に慣れていない高齢者では、戸惑うこともあるだろう。注文したつもりのオーダーが通っておらず、待たされたことが騒ぎの原因らしい。

時間制限の地酒飲み放題は、この店の看板サービスだ。ほとんどの客がこのサービスを目当てに来店していることは想像に難《かた》くない。地酒飲み放題が期待通りに提供されなかったことで、老人たちは腹を立てているのだろう。

いや、最新のオーダーシステムを使いこなせなかったことで、プライドを傷つけられたことが怒りの源流にあるのかもしれない。

「でも、お客様はすでに制限時間を一時間以上もすぎていらっしゃいます」

おそるおそるという感じで、女性店員が口にした。

が、これが火に油を注ぐことになる。いや、油どころかダイナマイトを放り込んだようだ。

「ふざけるな！　それがなんだ！　こっちは待たされたんだぞ。迷惑をかけられたんだ。それくらいのサービスは当たり前だろう。お客様は神様なんだからな！」

絢香にも状況が見えてきた。

老人たちがスマホのオーダーシステムをうまく使えず、きちんと注文ができなかった。悪いのは客のほうだが、高齢者に寄り添ったシステム提供とは言えないことも事実で、そこは店側が折れて、以後は口頭での注文と、飲み放題の制限時間の延長を受けいれた。

だが、酔った老人たちは、二時間をすぎても注文をやめようとしない。おそらくは、そろそろ終了してほしいと伝えに来たアルバイト店員に、腹を立てた老人たちが食ってかかっているのだろう。

「どうか、お静かに願います」

女性店員がすがるように頭をさげる。

そんな様子を見ていた客の中には、肩をすくめるようにして退店してしまう人たちもいた。全席が見渡せるほどの小さな店だ。たしかに楽しく飲めるような雰囲気ではなくなっている。レジをとおさずにキャッシュレスで自動精算できるために、騒ぎを嫌って帰ってしまったのだ。

それにしても他の従業員は何をしているのだろうか。

厨房《ちゅうぼう》は奥にあって、客席のある店内とは壁で仕切られていた。どうやら厨房にいる従業員には、店内の客の様子は伝わっていないようだ。日頃は酔客の大声を中和するための店内に流れるBGMも、今は悪いほうに効いてしまっている。

「うるせえ！　さっさと酒をもって来い！」

銀髪オールバックが大声をあげながら、再びテーブルを力一杯叩《たた》いた。

バンッと、先ほどよりさらに大きな音が鳴る。

女性店員が、びくっと身体を震わせた。

そのときだ。

「いい加減にしてください！」

女の声が店内に響いた。

「なんだ。おまえは……」

クレームをつけていた四人の老人たちの前に女は進み出ると、肩にかかるくらいの栗色のセミロングヘアを右手で颯爽《さっそう》と掻《か》きあげ、それからゆっくりとした動作で、両手を腰に当てて仁王立ちになる。

ネイビーブルーのテーラードジャケットに、セットアップになったストレッチパンツ姿は、この季節に街でよく見かける新入社員のように見えた。二十代前半に見える顔立ちからも、きっとそうなのだろう。

漆黒に輝く黒目勝ちの目が、一番手前に座った銀髪オールバックをしっかりと見据える。

「さっきから聞いていれば、いい大人が言いたい放題言って。何が、お客様は神様ですか！　恥ずかしくないんですか！」

耳朶《じだ》に馴染《なじ》む瑞々《みずみず》しい声が、威勢よく銀髪オールバックを一喝した。

「な、なんだと！　こっちは金を払う客なんだ。お客様は神様に決まってるだろう」

「本気で言ってます？」

「当たり前だ！　お客様は神様なんだ！」

だが男の剣幕にも、女は少しも怯《ひる》む様子がない。

「それ、却下です！」

きっぱりと女が断じた。あまりに堂々としていて、聞いていて清々《すがすが》しいほどだ。

絢香は驚いて、西川と顔を見合わせた。

デジャブーというのだろうか。これとまったくそっくりの光景を見たことがあった。

駿河社長と西川と一緒に、朝の通勤時間帯の電車に乗ったとき、車内で泣き出してしまった赤子をあやす若い母親が、中年男性にひどく責め立てられていた。そのときに颯爽と現れて、母親を救った女がいた。

西川も絢香に目配せしている。間違いない。あの電車の中で中年男性に敢然《かんぜん》として立ち向かった女だ。こんな偶然があるだろうか。

「それってカスタマーハラスメントです！」

カスタマーハラスメントとは、客が企業や店に対して、理不尽な要求や暴言を吐くなどの悪質な行為をすることだ。

「ふざけるな！　俺たちの何がカスハラなんだ。だいたい、こっちは店員と話してるんだ。関係ないやつは口を挟むな」

「関係はあります。わたしは三カ月前にこの店を辞めるまで、三年以上もバイトをしてました。こちらのバイトの春日《かすが》さんは、わたしが教育担当として仕事を教えて、やっと一人でフロアを任されるようになったんです。接客の仕事が楽しいって、本当に頑張っている子なのに、久しぶりに様子を見に来てみれば、お客様の風上にも置けない人たちに、わたしの大事な教え子がカスハラを受けているじゃないですか」

絢香は女性店員の胸元のネームプレートを見た。たしかに女の言うとおり、「春日」と書かれている。

「俺たちは、カスハラなんかしてねえよ。人聞きの悪いことを言うな！」

銀髪オールバックが席を蹴《け》ると、口角泡を飛ばす勢いでがなり立てた。

立ちあがると、身長は一八〇センチ近くありそうだ。この年代にしてはかなり高いほうで、般若のような強面《こわもて》と相まって、威圧感は並大抵ではない。

が、女は少しも怯まない。

「これがカスハラじゃなかったら、なんだって言うんですか？　今は春日さんがフロアを任されていますし、わたしも客として食事に来た立場ですから、初めは黙っていようって思ってたんですけど、あまりにひどい言いがかりばかりで、もう見るに堪えないです」

「言いがかりじゃねえ。あくまでも客として、クレームを入れていただけだ」

「へえ、クレームですか。クレームっていうのは、商取引において契約違反をした相手に、苦情や損害賠償請求をすることなんじゃないでしょうか」

女の言葉に、銀髪オールバックの表情が変わる。怒りに強張っていた顔に、不遜《ふそん》な笑みが走った。

「そのとおりだ。大学でもそれくらいのことは教えてもらったようだな。ならば、わかるだろう。居酒屋の商取引は、客に酒を飲ませることだ。地酒飲み放題のサービスを提供する店が、酒を出さずに客を放ったらかしにしたんだ。これは立派な契約違反だろう」

銀髪オールバックの言葉に、他の三人も赤ら顔で勢いよくうなずいている。

それでも女はひきさがらない。

「それって違いませんか。オーダーシステムの操作がわからなくて、注文ミスをしたのはあなた方ですよね。お酒の注文が入っていなかったことは、お店の落ち度ではありません」

「若いな」

女の言葉に、銀髪オールバックがゆっくりと首を左右に振った。

「どういうことでしょうか」

「いいか。人は誰でも歳を取るんだ。年寄りになる確率は、一〇〇パーセントなんだ。あんただって若くて元気でいられるのは今のうちだけだ。年寄りってのは辛いんだよ。目は見づらくなるし、いつも身体の調子は悪いし、物事は思うようにならない。何か失敗すれば、すぐにばかにされる。孫のような歳の見知らぬ女にも、平気で食ってかかられる。でもな、その年寄りたちがずっと長い間頑張ってきたからこそ、今の社会があるんじゃないのか。だったら、年寄りにもっと敬意を払って優しくするのは、社会の責任であり義務だろう。俺たちはな、ＩＴとかＤＸとか、そんなものはわからねえ。使おうと思ってもついていけない。それでも生きてるんだ」

「だから、なんなんですか」

「この店だって、俺たちのような客に寄り添う責任があるって言ってるんだ」

「ふーん、つまり同情されたいってことですね」

「なんだと！」

「そりゃ、あなたたちにも同情の余地はあります。だからといって、店中に響くような大声で女性店員を怒鳴りつけていい理由にはならないし、二時間をすぎても飲み放題の提供を強要するのは明らかにいきすぎです」

「俺たちは、ただ……」

銀髪オールバックが口ごもる。

「社会が年寄りに優しくないから、無茶や我儘《わがまま》を言っていいことにはならないですよね。これは、間違いなくカスハラですよ。カスハラしても、年寄りだから仕方ないって、まわりから同情してもらいたいんでしょうか」

女の言葉に、銀髪オールバックの顔色が変わった。ふっと怒りが消え、どこか寂しそうな影が走る。

「そういうことを言ってるんじゃねえんだ」

「わかりますよ、今の社会が高齢者に優しくないってことは。怒りたくなる気持ちも理解できます。それでも、いけないことは、やっぱりいけないんです」

今までの口調とは打って変わって、女が優しく諭すように言葉を紡いだ。

「だったら、俺たちはどうしたらいいんだ」

酔いが醒《さ》めたように、男は声を落とす。

「すでに日本は未曾有《みぞう》の超高齢社会となっています。目が見づらくて、いつも身体の調子が悪くて、物事が思うようにならない高齢者の人たちが安心で安全に暮らしていけるように、サポートしていく社会を作っていかなければなりません。だけど、日本は少子高齢化で十五歳から六十四歳までの生産年齢人口は、どんどん少なくなっています。医療機関や介護施設、それに小売業や飲食店、さらには身近な役所などの行政まで、働き手は足りなくなっていっています。だから、これからの高齢者の生活を支えるためにも、いいえ、むしろ支えるためにこそ、ＩＴは不可欠なインフラなんです」

「老眼でも新聞くらいは読める。耳は遠くなったがテレビのニュース番組だって見ているんだ。あんたの言っていることくらい理解できる。でもな、必要なものだって頭ではわかっていても、パソコンもスマホも使いたくても使えないんだ。どうしていいか、わからないんだよ」

銀髪オールバックが唇を噛《か》んだ。他の三人もうつむいている。

「インターネットやスマホは、高齢者と社会のコミュニケーションを様々な形で支援することが可能なんです。この店のオーダーシステムだって、たとえ毎月のシステム利用料が高額になったとしても、視力の弱い方でも画像で料理が確認できたり、聴力の不自由な方でも気軽に注文ができるならば、それはきっとお客様へのサービス向上になるからって導入が決まったと聞いています。この店の店長は、お客様は神様だって本気で思っていますよ。お客様を大切にして、満足していただきたいっていつも言ってましたから」

女の言葉に、

「そうだな。お客様は神様なんて、客のほうが言うことじゃないよな」

老人たちが声を落とした。

「高齢者だからITなんて使えないと諦《あきら》めるんじゃなくて、どうしたらITが高齢者の暮らしの役に立つかって、一緒に考えてみませんか」

女が老人たちに微笑みかける。

そこへ、店の奥の厨房《ちゅうぼう》から、白衣を着た中年の男が慌てた様子で出てきた。

女がそこにいることに気づくと、一瞬、驚いた顔をしたものの、すぐに四人の客のほうに向き直る。店名が染め抜かれた前掛けを外すと、四人に向かって深々と頭をさげた。

「店長の坂本《さかもと》でございます。何やらご迷惑をおかけしているようで、大変申しわけありません」

坂本が手の甲で額の汗を拭《ぬぐ》った。

やはり厨房にはこの騒ぎが伝わっていなかったようで、店員の春日が戻って来ないのを不審に思って様子を見に来たようだ。

「いや。もういいんだ。こちらこそ、酔った上とはいえ、大きな声を出したりして、本当にすまなかった」

「何があったのでしょうか」

坂本が老人たちと春日の顔を交互に見ている。

「春日さんと言いましたっけ。怒鳴ったりして、怖い思いをさせてしまったね。どうもすまなかった。心からお詫《わ》びします」

銀髪オールバックが神妙な顔をして、春日に向かって頭をさげる。他の三人も立ちあがって、それに倣った。

「ご所望でしたら追加のご注文もお受けしますが」

状況がよくわかっていない坂本が、とんちんかんな言葉を口にする。

銀髪オールバックが他の三人と視線を交わし、それから大きくうなずいた。

「坂本さん。店で騒いで、みなさんにご迷惑をかけたお詫びと言っちゃなんだが、一つ、協力をさせてもらえないだろうか」

「どういうことでしょうか」

坂本が言われた意味を理解することができずに、ぽかんとした顔をしている。

「この店のスマホを使ったオーダーシステムだが、若い人たちには便利なんだろうけど、俺たちのような年寄りには、なかなか使いこなすことができない。そういう客は、俺たちだけじゃないと思うんだ。ますます超高齢社会は進むだろうから、どんな便利なシステムだって馴染《なじ》めずに苦労するような客も多くなるだろう」

「それはそうかもしれません」

「だったら、高齢者でもオーダーシステムを使いこなすことができるような店づくりに、俺たちにも協力させてもらえないだろうか。俺たちだって生まれたときから老人だったわけじゃない。停年退職するまでは、四人ともそれなりの企業で管理職をしていたんだ。少しは役に立つことが提案できると思う。坂本さん、春日さん、この通りだ。頼むよ」

四人が同時に頭をさげた。

坂本が春日に視線を送る。春日は目元を和らげると、

「さっきは少し驚きましたけど、みなさんがうちのお店に協力していただけるのでしたら、それはありがたいことだと思います」

何度もうなずいてみせた。

本当は少しどころではなく、かなり怖い思いをしたはずだが、そこはアルバイトといえども店員としての対応をする。本人の性格もあるのかもしれないが、表情を見る限りでは、わだかまりはなさそうだ。

「みなさん、頭をあげてください。もう、何がなんだかわかりませんが、それではよろしくお願いします」

坂本が銀髪オールバックに返事をする。

それを聞いていた女が頭を掻《か》きながら、

「すみません。わたしも言いすぎたかもしれません。春日さんを守りたくて、とにかく必死で、気がついたら飛び出していました」

誰というわけでもなく、みんなに対して詫びた。

「たしかに、こんな若い女性に叱りつけられたのは、人生で初めてかもしれんな」

「叱りつけただなんて……」

あれだけ派手に暴れておいて、女には自覚はないようだ。

「いや、なかなかの迫力だったぞ」

銀髪オールバックが破顔する。

「実はわたし、この春に大学を卒業して、ハピネス・ソリューションズ・ジャパンというＩＴ企業に就職したんです。みんなが幸せに暮らせる社会をＩＴで支えたいって、本気で思っています。まだ入社したばかりの新人なんですけど、わたしにも何かお手伝いさせてください」

キラキラと瞳《ひとみ》を輝かせた。

今、ハピネス・ソリューションズ・ジャパンって言ったよね？

絢香は、女の言葉を聞いて、椅子からずり落ちて引っくり返りそうになる。西川も飛び出しそうなほど目を大きく見開いて驚いていた。

「おお、それはいい。ぜひ一緒にやろう。俺は西郷《さいごう》といいます。西郷隆信《たかのぶ》です」

銀髪オールバックが女に向かって名を名乗る。

「わたしは、桜木《さくらぎ》美咲《みさき》です」

「美咲ちゃんか。本当に俺たちと一緒にやってくれるのか？」

「はい。わたし、逃げませんから」

美咲が屈託のない笑みをこぼした。

3

六月下旬の月曜日の朝九時。

駿河元康は、研修センターの大会議室の壇上に立っていた。

目の前には今年の四月に入社したばかりの新人営業職がおよそ百人ばかり、神妙な顔つきで着席している。

これから駿河は新人たちに向かって、ハピネス・ソリューションズ・ジャパンの社長としてトッププレゼンを行う。

駿河の若い頃は営業職といえば男性ばかりだったが、四割近くを女性が占めているのも、この時代らしい光景だ。

入社から三カ月近くが経っているので、男性はスーツの着こなしもだいぶ慣れてきて、クールビズに合わせてノーネクタイやカラフルなドレスシャツが目立つ。

女性は入社当初のリクルートスーツからオフィスカジュアルを選ぶように変わり、今日が研修日ということも手伝って、ゆったりとしたシルエットのガウチョパンツやストレッチ性に優れたタイトスカートなど、自由でファッショナブルな装いを楽しんでいるようだ。

新人たちは、入社以来およそ三カ月にわたって受講してきた新入社員研修がいよいよ佳境を迎え、来週からは全国の支社にある営業所に配属になる。

ハピネス・ソリューションズ・ジャパンでは、全国四十七都道府県のすべてに支社が置かれており、この四十七支社の下部に、販売を行う営業部や顧客サポートを行う技術部が設置されていた。この場に座っている新人営業たちは、各支社営業部傘下の現場拠点である営業所に、七月一日付で配属される。

その配属を一週間後に控えた頃に、社長みずからが約二時間のプレゼンを行うことが、駿河が社長に就任して以来の恒例行事になっていた。

入社式には駿河は出席せずにビデオメッセージを届けただけだったので、新人たちが社長の姿を直に見るのは、これが初めてのことになる。

駿河はマイクを握り直し、一つ、咳払《せきばら》いをした。百人の新人営業たちの顔に視線を送る。新人でも入社三カ月も経つと、ほとんど緊張する様子は見えない。むしろ、部長研修に呼ばれて講演したときのほうが、場内は張り詰めていた気がする。

最近の若者は、社長の話くらいでは緊張しないようだ。肝が据わっているというよりも、超売手市場の就職活動を選ばれる側ではなく選ぶ側として勝ち抜いてきた自信のようなものがあるのだろう。

会社が自分に合わないと思えば、いつでも辞めれば良いだけだ。他にも会社はいくらでもある。そこには自信だけでなく、余裕のようなものも感じられた。

事実として、企業の大小に関係なく、入社三年以内に新卒入社社員の三割が離職するのだ。

これはハピネス・ソリューションズ・ジャパンのような大企業でも例外ではない。大学を出て就職したら、停年まで勤めあげることが当然だと考えてきた駿河たちの世代には、まったくもって理解できない。なんだか、トッププレゼンをする駿河のほうが、新人たちから試されているような錯覚さえした。

駿河はペットボトルの水をグラスに注ぐと、ゆっくりと喉《のど》に落とす。よく冷えた水で、喉が潤《うるお》った。

「おはようございます！」

元気に挨拶《あいさつ》する。全員が大きな声で挨拶を返してくれた。こういうところは、新人研修らしくて気持ちが良い。

駿河はまた一つ咳払いをした後、

「まず初めに理念の共有について話したいと思う」

しっかりとした思いを込めてトッププレゼンをはじめた。

前面の大型スクリーンには、プロジェクターによりパワーポイントのプレゼン資料が投映されている。

「世界には創業二百年を超えて持続している企業が、二千社ほどあるそうです。しかも、なんとそのうちの一千三百四十社は日本の企業になります。日本の次に多いのはアメリカとドイツで、それぞれ二百四十社と二百社程度しかありません。なぜ、日本には持続性のある企業が多いのでしょうか。それは日本の企業には、持続性を込めた経営理念があるからです。そして、その経営理念を社内外に正しく共有させているからでもあります」

新人には、少し難しい話かもしれないが、ハピネス・ソリューションズ・ジャパンの社員でいる限りは、この話は様々な場面で何度も聞くことになる。まず初めに、社長である駿河の口から伝える必要があった。

「経営理念は企業がもっとも大切にしている思いになります。また、ビジョンは企業や組織のあるべき姿であり、将来の目指す姿とも言えます。経営理念は普遍的、つまりずっと変わらない核心的な価値感であり、ビジョンは市場や顧客の動きに合わせて、あるいは企業や組織の成長とともに、中長期的には柔軟に変化していくものです」

ここで駿河は一呼吸置くと、さらに語気を強めた。

「経営理念やビジョンは、会社のウェブサイトや方針書に書かれているだけでは、まったく意味がありません。また、経営理念やビジョンをポスターにして会社の壁に張り出したり、会議の冒頭でみんなで復唱したりする会社もありますが、そのことに意味がないわけではありませんが、社員一人ひとりが深く理解した上で、自ら意識して日常行動に落とし込んでこそ、共有されていると言えます。社員が目を輝かせながら、自分の言葉で自社の経営理念やビジョンをお客様に伝えることができれば、商品やサービスのご提案についても、必ずお客様に信用していただけるでしょう」

駿河はレーザーポインターを使ってリモコン操作して、パワーポイントのページを送る。スクリーンに、一万円札の画像が大きく映し出された。

「これからみなさんに、二つの質問をします。まずは一つ目です。これっていくらですか」

駿河はレーザーポインターで一万円札を指し示しながら、偶然に目が合った最前列に座っていた男性社員に尋ねた。

「えーと……」

見れば誰にでもわかることだ。日本人なら子供でも知っている。それだけに、駿河に指名された男性社員は、質問の真意を測りかねているようだ。何か落とし穴があるのではないかと、見るからに警戒をしている。

「もう一度、お訊《き》きします。これっていくらですか」

「一万円じゃないかと思います」

なんとも自信なげで、歯切れが悪い。

「それでは他にもう一人」

男性社員の隣に座っていた女性社員にも、同じ質問を繰り返した。

「一万円です」

こういうときは、得てして女性のほうが決断が早い。

「他の意見がある人はいますか？」

全体を見渡したが、駿河の質問に手をあげる人はいない。首を横に振っている人が数人いるだけだ。

「本当にそうですか？」

少し意地悪く質問を繰り返したが、やはり誰も手をあげる人はいない。そこで駿河はパワーポイントのページを送った。

「独立行政法人国立印刷局から日本銀行への一万円札の引渡し価格は、約二十円だそうです。つまり、この一万円札は、約二十円ということになります」

駿河の解答に、大会議室全体がどよめく。「なんだよー」とか「それ、ずるくね」などとあちこちから声がした。駿河はかまわずつづける。

「日銀は国立印刷局から、一万円の価値のある紙幣を、なんと一枚二十円で買っているということになります。良いですよね。できることなら、わたしも一万円札を二十円で買いたいです。みなさんもそう思いませんか」

駿河の軽口に、どっと笑い声があがった。

「もちろん、わたしが国立印刷局に行っても、残念ながら一万円札を売ってはくれません。そこで、どこかで一万円札を売ってもらえないかと、いろいろ調べてみました。アマゾンでも楽天でも出品してはいませんでした。でも一つだけ、売っているところがあったんです」

駿河は壇上をゆっくりと歩きながら、口角をあげる。

「ときどき利用しているヤフオク、そう、Ｙａｈｏｏ！オークションです」

ここでパワーポイントのページを送る。スクリーンにヤフオクの出品画面が映し出された。一万円札が出品されている。

「みなさんもご存じだと思いますが、ヤフオクは新品や古物にかかわりなく、一般の消費者が誰でも自由に商品を出品できるオークションサイトです。一万円札の出品を見つけたときは、思わずガッツポーズをしました。でも、二十円じゃなかったんです。金額のところを見てください」

レーザーポインターで落札価格を示す。

「はい。五万円です。おかしいじゃないですか。一万円札の価格が二十円どころか、五万円なんです。どうしてだか、わかりますか」

新人たちは誰もが首を傾げていた。

ところが一人だけ、後ろの方に座っている女性社員が勢い良く手をあげた。半袖《はんそで》の白いブラウスから、雪のように白く細い腕がまっすぐに伸びる。

駿河はその新人と視線を合わせながら発言を促そうとしたのだが、彼女の顔を見て、驚きに言葉を呑《の》み込んでしまった。だが、彼女は駿河の動揺には気がつかず、視線が合ったので当てられたと思ったのか、そのまま立ちあがって答える。

「珍しい番号になっています」

「ああ。そ、そうだな。こういうのは珍番というらしい。番号が、AA777777MBになっている。7が六つも並んでいるんだ」

女性社員が席に座った。駿河は内心の動揺を隠しながらパワーポイントのページを送ると、さらに説明をつづける。

「次の画像を見てください。こちらは旧札の一万円札です。これも落札価格を見てほしい。なんと、七十四万円だ。一万円札に七十四万円の値段がついています。入札件数は延べ二百三十二件。それだけ多くの人たちが、この一万円札を落札しようと競い合ったということです。理由は写真を見てもらえばわかるように、エラー印刷になっています。福沢諭吉《ふくざわゆきち》が表にも裏にも印刷されている。絶対に世に出てはいけないものが、なぜか流通してしまったんです」

多くの社員が、スクリーンを指差しながら、口々に何かを言い合っていた。

「みなさんは買い物をするときに、財布から出した紙幣の番号を確認したことはありますか。あるいは印刷が間違っていないか、気にしたことはありますか」

誰もが首を横に振っている。

「みなさんが昨日、コンビニで払った一万円札は、もしかしたら七十四万円の価値があったかもしれません」

新人たちから、どっと笑い声が起こった。

「今、笑っている人は価値に気づかず、七十四万円を損した人ですね。たしかにほとんどの人にとって、珍番やエラー印刷の紙幣など、なんの価値もありません。だから、それに気づかずにコンビニで支払ってしまえば、一万円札はただの一万円にしかなりません。でも、紙幣のコレクターの人たちからすれば、それは謂《い》わば垂涎《すいぜん》の的として、なんとしても手に入れたい希少価値があるわけです。つまり同じ商品でも、人によって認める価値は様々だということです。顧客の多様なニーズに応えて、顧客が必要としている価値を提供していくことが、これからみなさんにしていただく、ソリューション営業という仕事なんです」

新人たちは来週には営業所に配属される。

現場では、数字に追われる毎日だ。新入社員研修で教わってきた綺麗事《きれいごと》ばかりではすまない状況が待っているかもしれない。それでも営業職が売るのは商品やサービスではなく、顧客への提供価値であることを忘れないでもらいたい。

駿河はパワーポイントのページを送った。

「では、みなさんに二つ目の質問をします」

全員が身構える。身を乗り出すようにして、駿河に視線を向けてきた。

「ウサギとトラは、どちらが強いと思いますか」

ここまで来ると新人たちも、駿河のトッププレゼンの意図を察しはじめる。隣同士で口々に意見を言い合っているが、手をあげる人はいない。駿河は目が合った女性に質問してみた。

「それはやっぱり、トラだと思います」

「なぜですか」

「なぜって……、ウサギはかわいいし、トラは怖いじゃないですか。戦ったら、トラが勝つと思います」

少し悩んだようだが、他に答えようがなかったようだ。

駿河はさらに数人に質問したが、全員が同じ回答をした。

「たしかにウサギとトラが戦えば、例外なくトラが勝つでしょう」

駿河の言葉に、ほとんどの新人が、ほらみろとばかりにうなずいている。

「でも、考えてみてください。実際にはウサギは世界中にあふれるほど繁殖しています。日本でもあまりに増えすぎると農作物に被害をもたらすので、狩猟鳥獣として、駆除の対象になっています。スキー場やキャンプ場で野ウサギを見かけることはありますよね。では、トラはどうでしょうか。野良《のら》猫ならぬ野良トラを見たことがありますか。トラは世界でもインドや中国など限られた国でしか生息しておらず、今や絶滅の危機に瀕《ひん》している野生動物として、ワシントン条約で保護されているくらいです。ウサギは駆除され、トラは保護されている。さて、いったいどちらが強いのでしょうか」

新人たちが侃々諤々《かんかんがくがく》に意見をぶつけ出した。

駿河は笑顔で、その様子を眺めている。

「進化論で有名なチャールズ・ダーウィンは、自身の著書の中で、生存競争においてはもっとも環境変化に適応できる者が生き残れると示しているそうです。わたしたちの会社の使命は、お客様が社会環境や市場の変化に乗り遅れることがないように、ITによって支援することになります。なぜなら、人を幸せにすることが、ITの存在価値だからです」

駿河は、この後は自社の顧客提供価値について、事業分野や組織別に具体例を交えながら解説をしていった。

なぜその事業に力を入れているのか、経営責任者としての思いもわかりやすく伝える。気がつけば、二時間があっという間にすぎていた。

「以上をもって、わたしの話を終わります。では、今から試験を行います」

駿河の言葉に、全員が蜂の巣を突《つつ》いたような騒ぎになる。それにはかまわず、教育部の若手社員たちが、新人に試験用紙を配りはじめた。

「設問は全部で五十問あります。一問が二点で、満点は百点になります。内容はわたしのトッププレゼンについての要約なので、ちゃんと聴いていた方は、労せず答えられるはずです。なお、ノートやメモを取っていた人は、それを見ながら解答してかまいません。ただし、他人のノートを覗《のぞ》くのはだめです」

ここで騒ぎが、さらに大きくなる。

試験は抜き打ちだ。事前には何も伝えていない。もし、トッププレゼンが終わった後に試験があると知っていれば、誰もがしっかりとノートを取っていたはずだ。

だが、駿河がざっと見たところ、残念ながらノートを取っていた新人は半数にも満たない。途中で居眠りをしていた者さえ数人いたくらいだ。三カ月間の新入社員研修も終了間近ということもあっての気の緩みだろう。

「制限時間は十二時までの一時間です。解答を書き終わった人から、退室して昼食休憩に行ってください。午後の研修がはじまる十三時までには戻ってきてください。教育部のスタッフがそれまでに採点を終えて、みなさんの机の上に答案用紙を裏にして戻しておきます。それではじめてください」

新人たちの溜息《ためいき》が聞こえるようだ。

全員がペンを手に試験用紙に向かった。

「お願いします！」

時計の針が十三時を示したところで、今日の当番の新人が号令をかけた。全員で挨拶をして、午後の研修がはじまる。

午前中に引きつづき、駿河はマイクを握った。

「それでは今から、試験結果について話をします。まずは、得点が上位の五名を発表します。名前を呼ばれたら、その場で起立してください」

駿河は、第五位から順番に五名の名前を読みあげる。そして最後に、

「第一位は、桜木美咲」

全体の第一位を発表した。

「はい！」

立ちあがったのは、午前中のトッププレゼンのときに、ネットオークションで出品された一万円札が高額で落札された理由を見事に言い当てた女性だった。

「あのときの……」と言いかけて、駿河は慌てて言葉を呑み込んだ。

ゴールデンウィーク明けの朝、西川秘書室長と社長秘書の築山絢香と一緒に、通勤時間帯の電車に乗ったとき、車内で泣き出してしまった赤子をあやす若い母親が、中年男性にひどく責め立てられていた。そのときに颯爽《さっそう》と現れて、母親を救った女がいた。

間違いない。あの女性が桜木美咲だ。

なんと、ハピネス・ソリューションズ・ジャパンの新入社員だったのだ。

「なお、桜木美咲さんは、唯一の百点満点だ」

大会議室後方に座っている教育部のスタッフたちが一斉に拍手をした。それにつられて、約百人の新人たちも拍手をする。

「桜木さんは、ノートもしっかりと取られていましたね」

駿河は午前中のうちに、美咲のことに気づいていた。それ以降、トッププレゼンをしながら、彼女の様子をそれとなく見ていたのだ。

「ありがとうございます」

「その取り組み姿勢は、素晴らしいと思います」

駿河は、新人たちの昼食休憩時間を使って、答案用紙を採点していた教育部のリーダーに、美咲の新入社員研修での評価を確認していた。すべてのプログラムにおいて、効果測定試験で最高点をあげていた。教育部の評価も最上位のSランクとなっている。この十数年、新入社員研修でSランクの評価を取った新人など見たことがなかった。

「わたしに何ができるのか、まだ何もわかっていません」

美咲がまっすぐに駿河を見つめる。

「知らざるを知らずと為す、是知るなり。自分が何も知らないと自覚することこそ、本当の知るということですね」

駿河は論語の有名な一説を口にした。駿河自身が若い頃には、よく上司から聞かされたものだが、今の若い人たちには、ピンとこないかもしれない。

「はい。だから駿河社長のプレゼンは、わたしがこれから成長していくために、きっと道《みち》標《しるべ》になると信じてノートを取らせていただきました」

経営者の言葉を、「道標」だと言った。これこそが、理念やビジョンの共有にとって、大切な考え方だろう。

美咲は人生を道にたとえたのだ。分岐する道のどちらを選ぶかは自分で決めなければならない。その選択に必要な情報として、道標を見極めることは大切なことだ。

駿河も自分の手帳に、「道標」とメモする。

「とても良い考え方ですね。引き続き頑張ってください」

目配せすると、五人の成績優秀者は着席した。

「つづいて、得点が下位だった五名を発表します。名前を呼ばれたら、その場で起立してください」

若い社員には厳しすぎるやり方かもしれないが、これも営業として成長していくための通過儀礼だ。

駿河は、最下位の者から順番に五名の名前を読みあげた。少し不貞腐《ふてくさ》れたような緩慢な動作で、五人が立ちあがる。引いた椅子の音が響いた。

「不服ですか」

駿河は最下位だった男性社員に問いかける。彼の点数は、わずか二十点だった。

「そんなことはありません」

口では否定したものの、顔にははっきりと不服だと書いてあった。

「抜き打ちで試験をするなんて狡《ずる》いと思っていますよね」

「そうは見えませんが」

「今日は配属前の新人を激励するための社長によるトッププレゼンだと聞かされていました」

今にも舌打ちでもしそうな言い方だ。

「その通りです」

「まさか試験をされるとは思っていませんでしたので、油断したことを反省しています」

反省という言葉を口にしながらも、最下位の点数だったことは油断だったと、社長である駿河に対して弁解している。油断がなければ、こんな悪い点数を取ることがなかったと言いたげだった。態度からしても、おもしろくないと思っていることは疑いようがない。

「油断ですか」

「はい。油断です」

はっきりと言い切った。

いつから、こうなってしまったのだろうか。

駿河は新人の言葉に、唖然《あぜん》としてしまう。

もはや弁解ではなく、反論に近い。いや、本人にはそれほどの強い意思はないのかもしれない。むしろ、それが厄介だ。

この数年の新卒入社組は、Z世代と呼ばれている。一九九〇年代後半以降に生まれたことで、インターネットやスマホを幼少期から当たり前のように使ってきており、ITに対する理解度が高い。SNSやオンラインコミュニティを当たり前のように使いこなし、情報共有や情報活用に強い関心を示す世代だ。

一方で、他の世代とのコミュニケーションは、あまり得意とはしないようだ。

駿河の若い頃には、もちろん携帯電話など存在せず、恋人に連絡するにも相手の自宅の固定電話にかけるしかなかった。電話口にはきまって頑固な父親が出て、「そんな娘はうちにはいない」と一方的に切られてしまう。そういう父親との度重なる攻防戦を乗り越えて、ようやく恋人と話ができるのである。

高校生のうちから自分のスマホをもち、電話どころかSNSのチャットで、恋の告白から別れ話まですませてしまうZ世代には、駿河の時代のコミュニケーションは想像さえできない世界かもしれない。

若い人たちの話を見聞きしていても、たとえば待ち合わせをするのに、「十八時に新宿《しんじゅく》で」と決めるだけなのには驚く。十八時に特定の店などに集合するのではなく、十八時頃に新宿に集まってくるのだ。

だいだい、夜の新宿に何十万人の人間がいると思うのだろうか。しかし、到着した地点の位置情報をスマホで送れば、後は地図アプリのGPSを頼りに簡単に集合できてしまうのだから、彼らはそのことになんの疑問ももっていないのだろう。

昭和時代の価値感による相手への配慮や気遣いなどというものは、デジタルネイティブにとっては、余計なお世話だと思われているかもしれない。

「わたしは君のことが心配なんです」

駿河は、まっすぐに新人の目を見て言った。

彼らは間違いなく、駿河の世代がもっていないものをもっている。一方で、駿河の世代が手にしてきたものを、まだ手に入れられていないようにも見えた。

「ですから、今回のことをしっかり反省して、次からは油断するようなことはしません」

どうしたら、この若者に駿河が感じている心配や焦りを伝えることができるだろうか。

駿河は言葉をつづける。

「社会人にとって、学ぶことはとても大切なことです。では、なぜ学ぶのか。そして、なんのために学ぶのか、考えたことがありますか」

「おっしゃっている意味がわかりません」

「学生のときは、授業料を払って学校に通っていました。それはつまり教授を雇っていることになるのですから、試験で悪い点を取ったとしても、ある意味で自由です。しかし、社会人は会社から給料をもらって仕事をしています。試験で良い点を取るのは義務であり、責任です。この義務と責任を果たした人だけが社会人として認められ、お客様の真のパートナーになれるのです」

「…………」

「少しだけ、昔話をさせてください……」

駿河はそこで深く息を吸うと、居並ぶ新人たちをゆっくりと見渡した。

「……わたしが新人営業だった、もう四十年も前の話です。わたしの教育担当だった先輩は、とても仕事熱心で、いつも一生懸命で、お客様にも信頼されていた優秀な営業でした。後輩のわたしにも優しく親切で、退社後や休日にもよく食事に誘ってくれて、仕事や私生活の相談にも乗ってくれていました……」

駿河はグラスに手を伸ばし、水を口に含む。

脳裏に若き日の先輩と自分のことが蘇《よみがえ》った。

がむしゃらで、まっすぐで、いつだって一生懸命だった。

「……先輩の担当のお客様に、零細の町工場がありました。父ちゃんが社長で母ちゃんが経理部長で息子が営業部長、従業員は他に工員が二人だけ。吹けば飛ぶような家族経営の小さな会社です。作っていたのは、わたしにはそれがなんに使われるのかさえわからないような、プラスチックの小さな部品でした。みんなが力を合わせて、早朝から夜遅くまで油にまみれて働いていて頑張っていました。それでも業績は厳しい。経営は火の車です。そこで在庫管理や会計を効率化するためのコンピュータと業務アプリケーションの導入を検討したいと、先輩に相談がきました。システム化によって業務効率があがれば、父ちゃんは営業に、母ちゃんは工場に出る時間を増やせます。厳しい会社の業績を、なんとかもち堪えさせることができるかもしれない。先輩はカタログと見積書をもって、その会社に提案に行きました。今とは違って、パソコンがとても高額な時代です。それでも父ちゃんと母ちゃんは、先輩が提案したパソコンと三本のアプリケーションを迷うことなく契約し、会社に導入しました。しかし、半年がすぎても、期待したような導入効果は得られませんでした。それどころか新しいシステムはかえって業務負荷を増やし、高額のシステム導入費は会社の経営をさらに圧迫することにさえなりました。結局、一年も経たずに会社は倒産し、親子三人は夜逃げをすることになりました。真面目だった先輩は、親子と従業員を路頭に迷わせてしまったことを苦にして、そのまま会社を辞めました……」

大会議室は、しーんと静まり返っている。

駿河はハンカチで額の汗を拭《ぬぐ》うと、ゆっくりと息を吐きだした。

「……営業が背負う責任とは、そういうことなんです。わたしたちが提案するITソリューションは、お客様を幸せにすることもできるし、もし提案を間違えれば不幸にしてしまうかもしれない。だから、学ぶのです。どうか、学ぶということを、安易に捉《とら》えないでほしい。これは、来週から営業として現場に出るみなさんへ、先輩であるわたしからのエールです」

最下位を取った新人は、目を伏せていた。

どうか、わかってほしい。

駿河は静かにマイクを置いた。

4

「いつになったら駿河に引導をわたせるんだ！」

ハピネス・ソリューションズ・ジャパンの専務室で、石田《いしだ》満敏《みつとし》は怒鳴り声をあげた。

本社の社員たちからは、「鬼の石田」と陰口を叩《たた》かれていることは知っている。

専務取締役営業本部長として、全国四十七支社を統括する立場の石田にとって、その異名はむしろ勲章だと思っていた。

鬼のように血も涙もないとの悪意のあるものだろうが、そんなことはかまわない。鬼くらいに恐れてくれるなら、販売部門のトップとしては本望だ。

「申しわけありません」

販売企画室長の大久保《おおくぼ》俊道《としみち》が、雷に打たれたかのように全身を硬直させる。

もっとも、本気で謝っているわけではない。「申しわけありません」は、石田の部下になってからというもの、この男の口癖になっていた。

石田も、そんなことは百も承知だ。打たれ強いことだけが、この小心者の唯一の取り柄と言っていい。

「駿河を社長の椅子から引きずり降ろす方法はないのか」

石田は、駿河と同期入社だった。

課長試験に受かって営業所長になったのも、営業部長になったのも、石田のほうが駿河よりも一年早かった。もちろん、同期でトップであり、営業部長に昇進したときは、過去二十年で最年少とまで言われた。

営業部長としていくつかの支社で経験を積み、愛知支社の支社長を経て営業本部に異動になった。最短でエリートコースを歩む栄転である。

営業本部では主力商品であるデジタル複写機事業部や販売企画室の責任者を歴任し、六年前に常務取締役営業本部長に、そして四年前には専務に昇進していた。

一方の駿河は、営業本部ではパソコン関連を統括するシステム事業部長を務めた後、経営戦略本部に異動になり、経営企画室長を経て、四年前に社長に就任していた。

実績も能力も石田が上だ。にもかかわらず、駿河が社長の椅子に収まっている。それは創業者一族の水戸邦光前社長が、何を血迷ったのか駿河をかわいがり、社長に推してしまったからだ。

もっとも水戸は体調が思わしくなく、長期で入院をしている。

理由まではわからないが、絶縁状態にあった一人娘が、五年前に事故で亡くなったと聞いていた。その翌年には突然に社長を退任して会長となり、経営陣の若返りを一気に推し進めた。駿河を八人抜きで社長に大抜擢したことも、その一環だ。

ついに昨年には自身も相談役に退き、創業一族として影響力は残しつつも、表向きには経営から身を引く形になっていた。今は会長職は空席のままだ。

「実は、おもしろい話を仕入れました」

大久保という男は、こういう言い方をするところが、いかにも小心者らしいというか小《こ》賢《ざか》しいのだ。どうにも鼻につく。

石田の推挙がなければ、絶対に販売企画室長などという要職には就けなかっただろう。それゆえ、忠誠心は人一倍強かった。

「もったいぶるな。さっさと話せ」

直立不動だった大久保が、石田の一喝で慌てたように腰を折ると、揉《も》み手《で》をしながら、

「経営企画室に潜り込ませているネズミから、来週の役員会の議案について情報が入りました。駿河社長が、いよいよプロジェクト・ゼロを役員会にかけるそうです」

口元を大きくゆがめる。

「もう、そこまで話は煮つまっているのか」

「議長である駿河社長みずから議案をあげることはできませんから、形の上では経営企画室長の蔦谷《つたや》の提出ということになるようです」

「あの生意気な男か」

蔦谷は大久保の同期で、優秀な男だったが、残念ながら駿河の子飼いの一人だ。以前、石田も派閥に取り込もうと声をかけたことがあったが、体良く断られたという苦々しい記憶がある。

「わたしがつかんだ情報によりますと、プロジェクト・ゼロの事業規模は五年間で最大五千億円を見込んでいるそうです」

「プロジェクト・ゼロとは、地方公共団体のカーボンゼロを支援するプロジェクトだろう。新規事業で五千億円なんて、絵に描いた餅《もち》に終わるんじゃないのか」

「どうも、そうでもないようです」

「どういうことだ」

「カーボンニュートラルな都市を目指すとしてゼロカーボンシティ宣言をしている都市は、二〇二三年一月時点で、四十五都道府県、市区町村まで含めれば八二三団体になります。とくに脱炭素先行地域はすでに一〇〇団体にもなり、それらの事業規模は一団体あたり最大五十億円は見込めるようです」

「風力発電や太陽光発電を提供したり、電動モビリティや蓄電池の連係を構築したりなんて、そもそも商売になるのか？」

「駿河社長のねらいは、それだけじゃないようです」

「どういうことだ？」

「もっと大きな箱です」

「まさか……」

「はい、そのまさかです」

「地域マイクログリッドか」

「間違いないようです」

大久保がうなずいた。

地域マイクログリッドとは、地方公共団体が再生可能エネルギーを効率よく利用しながら、送配電ネットワークから独立した自給自足の小規模発電所をもつ仕組みのことだ。エネルギーの地産地消を実現し、とくに離島や山間僻地《へきち》などの自治体で導入効果が期待されている。

「我が社はコピー機屋だぞ。今の営業が売っているのはパソコンが主流だが、発電所まで売るようなノウハウは現場にはないからな」

石田は営業本部長だ。現場のことは誰よりもよく知っていると自負している。どんなに優れた商品やサービスを扱っていたとしても、それを売るのは営業たちだ。営業力が伴わなければ、ショーウインドウに飾られただけで終わってしまう。実際に、今までそういった事業は山ほどあった。

「販売戦略本部の中にタスクチームを作って、担当役員も決めるようです」

「駿河は本気だということか」

「もしもプロジェクト・ゼロが軌道に乗るようなことになれば、駿河社長の延命は間違いないかと思われます」

新型コロナウィルスの蔓延により、企業の働き方改革は加速度的に進んだ。リモートワークを推奨する企業が増え、オフィスに常駐する社員数は激減している。

出勤しなくなればコピー機やプリンターでの印刷物の出力も必要なくなり、メールなどでの電子的な情報共有で事がすんでしまう。

複写機の販売を事業の大きな柱にしてきたハピネス・ソリューションズ・ジャパンの業績も、かなり厳しい状況がつづいていた。

来年から二年間かけて、セカンドキャリア支援という名称で早期希望退職制度を推進して、全社員の五パーセントにあたる九百人の人員整理を行うことが、すでに役員会で決まっていた。

駿河社長は、その人員整理が終了する二年後に、責任を取る形で社長を退任して、代表権のない会長に就くことが既定路線になっている。

石田としては二年など待てず、駿河の足を引っ張って一日でも早く退任させ、自分が社長になりたいと考えていた。

だが、もしもプロジェクト・ゼロが成功して大幅に業績が回復するようなことになれば、駿河の社長の首は繋《つな》がることになるだろう。状況によっては、二年をすぎても社長をつづけることになりかねない。

「プロジェクト・ゼロの結果が出るまで待てるわけがないだろう。次の役員会で駿河の息の根を止めてやる」

「プロジェクト・ゼロに反対するのですか」

役員会の構成メンバーは二十二名だ。旧会長派である駿河社長派が十名で、石田専務派が八名である。どちらにも属さない中間派四名の投票次第では、採決はどのようにも転ぶ。元会長で創業一族である水戸が出席しているのならばともかく、長期入院中となれば、打つ手はいくらでもあった。

「ばかも休みやすみ言え」

「廃案にもち込むんじゃないんですか」

「おまえは、よくそんな浅はかな考えで、販売企画室長が務まるな」

「申しわけございません」

そろそろ潮時かもしれないな。

石田は大久保の卑屈な笑顔を見ながら思う。

「五年間で最大五千億円のプロジェクトだぞ。たとえ話半分に終わったとしても、我が社にとって価値ある新規事業であることに変わりない。これから複写機事業のマーケットは縮小していくだけだ。わたしが社長になったときのことを考えても、将来のための新しい柱が必要なことは間違いない」

新たな金のなる木を手放すほど愚かなことはない。

「では、どうされるおつもりでしょうか」

「まだ、わからないのか。徹底して、応援してやるんだよ」

「しかし、プロジェクト・ゼロは駿河社長の肝煎《きもい》りの新規事業です。成功した暁には、駿河社長がますます力をもつことになります」

大久保が首を傾げていた。

「だから、プロジェクト・ゼロの成功のために、駿河には人柱になってもらうのだ」

石田はボールペンを握る手に力を込める。鈍い音を立てて、ボールペンが折れた。

「プロジェクト・ゼロを役員会で承認しながら、駿河社長を追い落とすのですか」

「次の役員会が楽しみだな」

5

「昨日のトップセミナーで、おもしろいことがあったんだ」

駿河は出勤して社長室に入るなり、秘書の築山絢香を呼んだ。

「社長、ご機嫌ですね」

「そういう築山さんも、なんだか嬉《うれ》しそうじゃないか」

駿河はサーモスのステンレスタンブラーを通勤カバンから取り出すと、机の上に置く。キャップを開けると、コーヒーの香りが立ちのぼり、優しく鼻腔《びこう》をくすぐった。

「わかりますか？ 実は社長が福岡に出張されている間に、すごいことがあったんです。早く社長にご報告したかったんですけど、昨日は新入社員研修に行かれていたので、ずっと今朝が待ち遠しかったんです」

絢香がパールピンクに塗られた指先で緩やかにウェーブがかかったロングヘアを掻《か》きあげながら、どうしても抑えきれずに笑みをこぼす。

「何があったんだ？」

「社長からお先にどうぞ」

絢香が先を譲ってくれた。

「前に朝の電車の中で、泣きやまない赤子を抱いた母親に、乱暴な口調で文句を言っていた男がいたのを覚えているかい？」

「もちろんです」

絢香が意味深な笑みを浮かべている。が、話しはじめた駿河は、もう止められない。

「あのときの男を見事にやり込めた気っ風の良い女性がいただろう」

「まだ若いのに年上を相手にしても物怖《ものお》じせず、しっかりと自分の考えを言葉にして見事なものでした。それに、なかなかの美人でしたね」

「ああ、そうだな。えっ、美人だったか」

「はい。女のわたしから見ても、とってもチャーミングな子でした」

「その女性に会ったんだよ」

「社長もですか」

「そうだ。彼女は我が社の新人営業だったんだよ。って、築山さんも知ってるの？」

「桜木美咲さんですね」

「なんだ。知っていたのか」

「昨日のトップセミナーでも、大活躍だったみたいですね」

絢香が含み笑いをしている。

「情報が早いな。そっちでも何かあったのか？」

「あったなんてものじゃないです。あの電車のときに負けず劣らずの大活躍でした」

絢香が、西川と新橋の居酒屋に飲みに行ったときの話をしてくれた。

話しているうちに、そのときの状況が蘇《よみがえ》ってきて興奮してきたのか、頬を上気させ、身振り手振りを交えながら、桜木美咲の口調まで真似て説明する。

「そうか。そんなことがあったのか」

「桜木さんがHSジャパンの社員だって名乗ったときには、西川さんもわたしも驚いてひっくり返りそうになりました」

「そりゃ、そうだろうな」

「あのときの桜木さんの時代劇ばりの見事な口上を、社長にもお見せしたかったです」

「そんなにすごかったのか」

「もう、バッサリと斬り捨てごめんって感じでした」

絢香が袈裟《けさ》斬《ぎ》りにするかのごとく、見えない刀を振りおろした。アメリカ帰りの帰国子女だが、ときどき古臭い言いまわしをするのがおもしろい。

「それで、どう思う?」

駿河は絢香に問いかける。

「社長なら、きっとそうおっしゃると思っていました。昨夜のうちに、人事部から桜木さんの履歴書や人事ファイルのコピーはもらってあります。教育部からは新入社員研修のすべての記録も入手済みです」

絢香から、表紙に㊙とだけ書かれたファイルを受け取った。

「相変わらず仕事が早いな」

「これは西川さんの指示です」

「西川君の？」

「はい。この話をすれば、必ず社長は興味をもたれるだろうって」

「お見通しというわけか」

さすがに長く一緒に仕事をしてきただけはある。阿吽《あうん》の呼吸というやつだ。

駿河は、桜木美咲の人事ファイルを開いた。

最終学歴は東京六大学に名を連ねる私大の社会学部となっている。

取得資格は、ＩＴパスポートやＭＯＳ（Microsoft Office Specialist）などのＩＴ系の基本的なもののみならず、日商簿記２級や英検１級など難易度の高いものがずらりと並んでいた。とくに中小企業診断士は経営コンサルタント業務の唯一の国家資格であり、社会人として企業で実務を経験したことがない大学生にとっては、とてもハードルの高い資格の一つである。二十代で中小企業診断士を取得したなど、ハピネス・ソリューションズ・ジャパンの社員でも聞いたことがなかった。

「なかなか勉強熱心だな」

「それだけじゃありません。アルバイト経験は飲食店での接客と学習塾の講師とあり、一人親家庭に食品を届ける事業を行っているＮＰＯ団体でのボランティア活動もしていたようです」

「これじゃ遊ぶ暇どころか、寝る暇もなかったんじゃないか」

「頑張ることが生きがいだったのかもしれませんね」

アメリカの大学を卒業し、海外勤務経験によりキャリア採用された絢香でさえ、桜木美咲の経歴には驚きを隠せないようだ。

「こ、これは……」

家族構成についての記載に、人事部が注意書きの加筆を入れていた。これは異例のことだ。

「お気づきになりましたか」

「まさか、あの水戸会長の……」

駿河は人事ファイルを落としそうになる。

水戸はすでに相談役に退いていたが、ハピネス・ソリューションズ・ジャパンではいまだに誰もが水戸のことを会長と呼んでいる。会長職が空席のままであることもあったが、そもそも水戸が創業者一族として社長退任後も経営に強い影響力を発揮してきたことが大きい。

「はい。わたしも驚きました」

「なぜ、彼女のことが、わたしの耳に入らなかったんだ」

「堀田《ほった》人事部長も最近になって、この事実に気づいたそうです」

絢香が唇を引き結ぶ。

「どういうことなんだ?」

「教育部からS評価の新人がいると聞いて。堀田人事部長は新人研修を観に行ったそうです」

「初めは堀田くんの好奇心か」

「そこで桜木さんの姿を見たわけです」

「なるほど、堀田くんは若い頃に水戸会長の部下だったからな。個人的な付き合いもあって、ご自宅に招かれたことも少なくなかっただろう」

詳しいことは堀田人事部長に確認しなければわからないが、おそらく桜木美咲に会って何かを感じたのだろう。

「堀田人事部長も、初めは半信半疑で調べはじめたそうですが、この事実に行き着いて、かなり驚いたそうです」

「だろうな。で、このことを知っているのは？」

駿河の問いかけに、

「社長と西川室長とわたし、それに堀田人事部長の四人だけです」

絢香が首を左右に振った。

「水戸会長もご存じないのか？」

「堀田人事部長が水戸会長の入院先に別件の相談で行かれたときに、それとなく尋ねたそうですが、何も知らないご様子だったそうです。というか、たぶん本人も――」

「本人も知らないというのか？」

そんなことがあるのだろうか。

「桜木さんは縁故入社ではありません。採用選考の段階では、当社は一切この情報を得ていませんでした。キャリア入社でもないので、正真正銘、一般枠で採用を勝ち抜いて入社しています。裏口入社ではなく、堂々の正面突破です」

「それも不思議ではないか」

駿河の脳裏に、電車の中や新人研修での桜木美咲の姿がよぎった。

「彼女らしいと言えば、彼女らしいんじゃないでしょうか」

絢香の形良く整えられた眉《まゆ》が、笑顔に合わせて穏やかに持ちあがる。

「すまんが、堀田人事部長に――」

「堀田人事部長には、この後すぐに来てもらうようにアポ済みです。社長の午前中のスケジュールも、一時間でしたら調整して空けてあります。役員フロアの第三小会議室を予約してありますので、どうぞお使いください」

「ありがとう」

「ちなみにこれは西川さんの指示ではなく、わたしが手配しました」

「以心伝心だな」

「お褒めくださり光栄です。それでは本日のランチは、社長の奢《おご》りということでよろしいですね。とっても美味《おい》しいピザを出す店を見つけましたので」

「それは口止め料ということかな」

絢香が左目でウインクをすると、クルリと踵《きびす》を返して社長室を出ていった。

6

役員会がはじまる一分前。

石田は、最後に役員会議室の席についた。

当然ながら、すでに駿河社長以下、石田以外の全役員が着席している。

石田は役員会の開始時間のギリギリの着席だったが、詫《わ》びるどころか、そのことに触れることさえしない。もちろん、それを冗談でも指摘する役員はいない。どうせ、いつものことだ。

専務である石田の席は、駿河社長に次ぐ二番目の位置にある。これがいずれは一番目になるのだ。

いや、俺の力で一番目にしてみせる。

石田は睨《にら》みつけるように駿河に視線を向けた。が、駿河のほうは気づいていないかのように、すました顔をしている。

「では全員揃ったようなので、今月の役員会をはじめたいと思います」

議長役の駿河が開会を宣言した。

事前に配布されたレジュメに合わせて、議事は滞りなく進行していく。

先月の各支社の業績結果報告、事業分野別の業績結果報告、新発売のカラーレーザープリンターの販売計画、変わり映えのしない会議がつづく。

時刻が夕方に差しかかろうという頃、いよいよ最後の議案がスクリーンに映し出された。新規事業であるプロジェクト・ゼロについてだ。会社の将来を左右しかねないほどの大きな事業の議案である。

蔦谷経営企画室長が、投映された資料を淀《よど》みなく説明していく。かなりの予行演習を積んできたようだ。

質問者も仕込みに違いない。想定問答を準備してきたのだろう。予定調和な問答がつづく。ここまでは出来レースだった。

「以上、ご説明しましたとおり、今後五年間の集中期間に政策総動員の体制を組んで、ゼロカーボンシティ宣言を行っている自治体への包括的支援事業であるプロジェクト・ゼロを推進してまいりたいと思います」

蔦谷が発表しているが、これが駿河社長の肝煎《きもい》りであることを知らない役員はいない。

役員全員が石田に視線を送ってきた。

駿河社長の抵抗勢力として社内を二分してきた石田が、この超大型新規事業の議案について何を言うのか、誰もが固唾《かたず》を呑《の》んで見守っている。

反対するのか、それとも受け入れて賛成するのか。

この瞬間、舞台の主役は石田になった。スポットライトは石田に当たっている。悪くない。幕はあがった。

石田は両手を顔の前にあげると、ゆっくりと拍手をする。

いったい何が起きるのか、みんなが怪訝《けげん》な顔で注目してきた。石田は片側の口角だけをあげ、不遜《ふそん》な笑みを浮かべる。

「地方公共団体のカーボンゼロを支援するプロジェクトか。実に素晴らしい！　我が社がマイクログリッドを提供することで、再生可能エネルギーの地産地消を実現し、温室効果ガスの排出を削減して、環境負荷を軽減することが可能になる。地球レベルの環境保護と地域経済の活性化に積極的に貢献していくことは、まさに我が社の企業理念を具現化した新規事業だ」

石田は大きくうなずきながら、蔦谷を褒め称えた。

「ありがとうございます」

蔦谷が身構えながらも、礼の言葉を口にする。

「ところで蔦谷室長。こんな素晴らしい新規事業は、ぜひとも全社をあげて取り組み、必ず成功させるべきだと思うが、君はどう考えるかね」

「ど、同感でございます。ですので、先ほどご説明いたしましたとおり、経営戦略本部の事業企画室や経営企画室から優秀なメンバーを参加させて、タスクフォースを立ち上げ――」

蔦谷の説明を途中で遮ると、

「そうじゃない。わたしはね、もっと本気で取り組むべきだと言ってるんだよ！」

石田は立ちあがって役員たちに向かって大声を張りあげた。

「この組織体制では不充分だと言われるのでしょうか」

「これは過去最大の新規事業となるんだ。投資規模も今までとは比較にならないくらい大きい。もちろん、わたしの営業本部としても、全面的に協力をさせてもらうよ。全国の支社に専任の担当を育成して、販売チャネルを構築する覚悟をもっている。これは社運を賭《か》けたプロジェクトになる。必ず成功させなければならないからね。そうだろう」

「ありがとうございます」

「しかしなぁ。これでは画竜点睛《がりょうてんせい》を欠くな」

石田は冷たく言い放つ。

「どういうことでしょうか」

「こんな生温《なまぬる》い体制ではなく、もっと覚悟を見せたらどうだって言ってるんだ！」

「覚悟でしょうか」

「そうだよ。本部に覚悟がないようでは、我々現場の営業も本気では動けないからね」

石田と蔦谷のやり取りを、駿河が黙って聞いていた。

「では、どうしたら良いのでしょうか」

蔦谷がハンカチを取り出し、額の汗を拭《ぬぐ》う。

「社運を賭けたプロジェクトなんだろう。だったら、タスクフォースなんて小さなことを言ってないで、事業本部を立ちあげたらどうだ」

石田はあえて、「社運を賭けたプロジェクト」という言葉を繰り返した。

「本部を作るのですか」

さすがの蔦谷もまったく予想していなかったようで、石田の提案に表情を強張《こわば》らせる。

他の役員たちも度肝を抜かれたように、惚《ぼ》けた顔をしていた。

「そうだな。パブリックサービス本部なんて名前はどうだ？　関係各部署から優秀な人材を登用してエリート集団の新規組織を作るんだ。もちろん、わたしの営業本部からも選《え》りすぐりの優秀な人材を送り込もうじゃないか。ここにいる役員のみなさんも、自分の部下で一番優秀な人材を喜んで出してくれるだろう。まさか、出し惜しみするような愛社精神の欠けた役員なんて、この場には一人もいないだろう。そうだろう。なんて言ったって、社運を賭けたプロジェクトだからな」

「しかし――」

「しかしもへったくれもないんだよ！　それだけの覚悟がないって言うのなら、営業本部はこの議案には賛成できないぞ。他の役員のみなさんだって、わたしと同じ気持ちだろう。どうなんだ。覚悟はあるのか、ないのか」

蔦谷が真っ青な顔で、役員会議室に居並ぶ役員たちに視線を送る。

石田によって大きな流れが作り出されてしまった。

新たな本部体制を作ることが、役員たちがプロジェクト・ゼロの議案に賛成するための条件のようになってしまった。もし蔦谷が本部体制を拒絶すれば、それは覚悟が足りないという理屈になり、役員は反対しなければならなくなる。

蔦谷が答えに窮して、口を閉ざしてしまった。もはや蔦谷に判断できることではない。

「どうなんだ、蔦谷室長。本気でやるだけの覚悟はあるのか！」

石田は蔦谷に向かって、さらに大きな声をあげた。

蒼白《そうはく》になった蔦谷が、助けを求めるように駿河社長に視線を泳がせる。

「わかった。プロジェクト・ゼロは本部体制でやることにしよう」

これまで黙っていた駿河が、決断したように宣言した。

「さすがは社長です。大変素晴らしいご英断です」

石田の言葉に、

「で、ですが、本部長は常務以上の役員が務めると規程されています」

蔦谷が慌てて口を挟む。

ハピネス・ソリューションズ・ジャパンには、二人の専務と三人の常務がいた。専務がそれぞれ営業本部と経営戦略本部を、三人の常務が管理本部と技術本部とソリューション事業本部の本部長を担っていた。

「おお。たしかに我が社の規程では、本部の責任者は常務以上の役員と決まっている。本部長の兼務もできないことになっている。これは困りましたな。新しく本部を作っても、責任者となる役員がいない。どうしますか。プロジェクト・ゼロは時期尚早ということで見送りますか。しかし、それは惜しい。実に、惜しい。こんなに将来性のある事業に挑戦しないなんて、残念で仕方ない。なんとかならないものかな」

「石田専務。言いたいことがあるんだろう」

駿河が石田に先を促す。

石田は不敵に微笑むと、駿河に向き直った。

「では、駿河社長からのご指名ですので、わたしからご提案をさせていただきます。プロジェクト・ゼロは駿河社長の思い入れが強い事業案だとうかがっています。それはそうでしょう。まさに我が社の未来を左右する可能性がある超大型の新規事業だ。しかし、全国の地方公共団体に提案活動をしていくには、都道府県の首長や国会議員、さらには経済団体のトップなどへのロビー活動が重要かつ不可欠になってきます。そんな難しい仕事ができる人材は、我が社にはお一人しかおられないでしょう」

石田の発言に、居並ぶ役員たち全員が息を吞む。空気が軋《きし》むような緊張が走った。

「わたしに本部長をやれと言うのか」

駿河が答える。

「他に適任の人材がいますか」

「わたし以外、いないだろうな」

駿河だけは、まるで石田の提案を予期していたかのように冷静に答えた。

「社長が事業本部長を兼務することはできませんから、会長にあがられてはいかがでしょうか。代表取締役会長兼パブリックサービス本部長として、プロジェクト・ゼロの陣頭指揮に専念いただければ、我々役員も全面的にご支援させていただきます」

石田はそこまで言い切ると、椅子に深く腰を降ろして、駿河の発言を待つ。

しばらくの間、駿河が目を閉じて考えを巡らせていた。そして再び目を開けると、

「わかった。わたしが会長に退き、新しい本部の責任者を引き受けることにする。ついては、後任の社長は石田専務に任せたいと思うが、その方向で調整をはじめてかまわないだろうか」

ついにやった。駿河を社長の椅子から引きずり降ろした。

「身に余る大任ではございますが、駿河社長のご指名とあらば、わたしも覚悟を決めてお引き受けしたいと思います」

恭しく頭をさげる。

「そうか。それはありがたい」

「なあに、駿河社長が覚悟を決められたのですから、わたしも腹を括《くく》らねばならんでしょう」

石田は大袈裟《おおげさ》にうなずいてみせた。

「ところで社長を退任するにあたり、条件というわけではないが、石田専務に承諾してもらいたい人事案がある」

「どんなことでしょうか」

「わたしが引き受ける新しい事業本部に、堀田人事部長を連れていきたい。各本部からメ

ンバーの選抜をするのに、人事部長の知見を活用したいからね」

「駿河社長が必要と思われるのでしたら、よろしいんじゃないでしょうか」

そもそも人事部は管理本部の傘下にある。石田の営業本部とは関係のない人事異動だ。

「ありがとう。それから人事部長の後任も、わたしが推薦した社員を抜擢《ばってき》したい。かまわないかな」

「かまいませんが、誰をお考えでしょうか」

社長の首を獲ったのだ。部長一人の人事など、正直な話、どうでもいい。

「桜木美咲だ」

「女性ですか。なるほど、女性管理職の登用はダイバーシティの観点からも大切ですね。しかし、桜木美咲などという社員は聞いたことがありませんな。どこの支社ですか」

「石田専務が知らないのも無理はない。今年入社したばかりの新人だからな」

「なんですって？」

「新人だと言ったんだ」

「まさか、ご冗談ですよね」

「本当だ。今年の新入社員研修で、S評価を取った逸材だ。彼女を抜擢したいと思っている。かなりイレギュラーな人事であることはわかっているが、ここは社長としてのわたしの最後の頼みだと思って、承知してもらえないだろうか」

何を血迷ったのだろうか。どんなに優秀な社員でも、部長に昇格するには、十五年は要する。そもそも部長には昇格試験があって、これに受かった者でないと登用することはできない。

それを新入社員がいきなり抜擢されるなど、七十年の歴史を誇るハピネス・ソリューションズ・ジャパンでも初めてのことだ。昇級昇格の社内規程もまったく無視している。

家族経営の零細企業ならいざ知らず、日本を代表するような大企業において、このような荒唐無稽《こうとうむけい》な人事は前代未聞のことだろう。ハピネス・ソリューションズ・ジャパンに限らず、聞いたことがない。

「わかりました。よろしいんじゃないでしょうか」

石田の答えに、他の役員たちが驚いた顔をする。

その新人がいったい駿河とどんな関係にあるかは知らないが、人事部長のような難しい仕事が、この間まで学生だったような新人に務まるはずがない。

どうせ数カ月もしないうちに大きな失敗をするに決まっている。ボロが出るのは時間の問題だろう。そのときに更迭してしまえばいいのだ。部長一人の人事など、どうとでもなる。

今は駿河の気が変わらないうちに、社長交代を進めてしまうことだ。

「石田専務に承知してもらえて良かったよ」

穏やかに微笑む駿河に向かって、石田も満面の笑みを返した。

第二章　人事部長桜木美咲

1

七月一日の朝。

夏らしい強い陽差しがふり注ぎ、今日も暑い一日になりそうだ。

桜木美咲は、軽いジャージー素材のネイビーのセットアップスーツに身を包み、颯爽《さっそう》と出勤した。インナーにはお気に入りのスカイブルーの半袖《はんそで》ブラウスを組み合わせている。

三ヵ月の新入社員研修を終えて、いよいよ正式に配属になるのだ。

同期の仲間は、昨日の夕方に、それぞれの配属先である営業所勤務の辞令を受けていた。東京や大阪などの希望が叶《かな》って喜び合う者もいれば、希望地とも故郷とも違って、人生で一度も行ったことがない県の営業所の辞令に落胆する者もいた。

そんな同期の新人たちが一喜一憂している中で、美咲だけは「人事部付」という辞令を受け取っていた。

新入社員研修を担当していた教育部の先輩社員たちも、新人に対してこのような辞令は初めて見たと言っていた。

部付というのは、一般的には事件を起こして処分保留中であるとか、長期の病気療養で休職中であるなど、配属が決定できない場合に取られる処置らしい。

わたし、なんかやっちゃったかなぁ。

もちろん美咲には、大事になるほどの問題を起こした記憶はない。

よく意味はわからないが、どうやら営業所に営業職として配属されるのではないことだけは間違いなさそうだ。

七月初日は本社の管理本部に出勤して、指示に従うようにとのことだった。

銀座にある本社ビルに出勤した。

一階にある受付で、名前を名乗ると、受付の女性が柔らかな笑顔で応対してくれたので少し安堵《あんど》した。内心ではかなり不安だったのだ。

社員証はすでに本社でID登録が完了しているそうだ。すぐに迎えが来るので、そのまま待っているように言われた。

「桜木美咲さんね」

程なくして、背後から声をかけられる。

振り返ると、背の高い細身の女性が、ニコニコと微笑んでいた。リボンタイの付いた純白のブラウスにグレーのタイトスカート、そして高めのヒール。見るからに高級そうなものばかりだ。ファッション雑誌から抜けだしてきたような洗練された装いが眩《まぶ》しい。

「はい。そうです」

「わたしは管理本部秘書室の簗山絢香と申します。駿河社長の秘書をしています」

「えっ、社長の秘書さんですか」

思わず声が裏返ってしまう。

「お会いできて嬉《うれ》しいわ。これからよろしくね」

「初めまして。こちらこそ、よろしくお願いします」

「それがね。初めましてじゃないのよね」

絢香が茶目っ気たっぷりに左目でウインクした。

「えっ？　簗山さんと、どこかでお会いしていましたでしょうか」

絢香はそれには答えず、

「絢香さんで良いわよ。わたしも美咲さんって呼ぶから。これから長いつきあいになりそうだし……」

悪戯《いたずら》っぽい笑みをこぼす。

美咲は、どうにも調子が狂ってしまうが、絢香に対して悪い印象はない。

絢香に促されて、一緒にエレベーターホールに向かって歩きだした。

「……それとも美咲ちゃんのほうがいいかしら？」

「それって、居酒屋でバイトしていた頃に、常連のおじさんたちから、よく呼ばれました」

「あら、やっぱりわたしって、中身がおじさんなのかしら」

絢香が肩を揺らす。

一緒にエレベーターに乗ると、絢香が十六階のボタンを押した。

「これから人事部長にお会いするのでしょうか？」

美咲は、エレベーターで二人きりになったところで、おそるおそる絢香に尋ねてみる。

「人事部長？　うーん。まあ、そんなところかな。詳しいことは社長から聞いてね」

「今から社長に会うんですか！」

そんな話は教育部からは聞いていない。本社の人事部に行けば、配属先の辞令がもらえるのだとばかり思っていた。

「そうよ。駿河社長があなたを呼んだのよ」

「ごめんなさい。わたし、何か悪いことをしたんでしょうか」

思わず絢香に謝ってしまう。

「悪いこと？」

「だって、社長に呼ばれるなんて、これから叱られるんですよね」

従業員数一万八千人の大企業の社長なんて、美咲にとっては雲の上の人だ。本来ならば、入社三カ月の新人が会えるような人ではない。

というか、そもそも部長職以上でないと、会って話すような機会はまずない。ほとんどの社員にとっては、一生縁がないだろう。

「はははは。大丈夫よ。駿河社長はとってもお優しい方だから。こんなかわいい子を取って食ったりしないわ」

そう言って、肩を優しくポンッと叩《たた》いてくれた。

美咲は胸を撫《な》でおろす。が、ならば、どうして自分は社長に呼ばれたのだろうか。配属先さえ決まっていない。そのことと関係があると思うが、いくら考えても思い当たることはなかった。

十六階に着く。絢香に促されて、美咲はエレベーターからおりた。

「ここは経営戦略本部があるフロアよ」

ICチップ入りの社員証をかざして認証を受け、ガラスの自動扉を開けて中に入る。

広々としたオープンフロアに足を踏み入れると、天然の樹木を多用した優しいデザインとIT企業らしい効率的な機能性が交差した最新のオフィスが目に飛び込んできた。

床から天井まで延びるガラス窓からは、いっぱいの陽光が差し込み、開放感に満ちている。窓の向こうには、銀座から見下ろす都会の街並みが遠くまで連なり、フロアに多数置かれた大型の観葉植物の借景になっていた。

各自のデスクの上には、最新型のノート型パソコンが並び、カフェからテイクアウトしたコーヒーカップやタンブラーが、趣向を競うように点在している。

そんなフロアを、絢香が肩で風を切るようにして突っ切っていった。

美咲も慌てて後を追う。

一番奥にガラス張りの個室があった。ドアは開いたままになっている。絢香が、まっすぐにその部屋に向かって歩いていく。どうやら、ここが社長室のようだ。

「失礼します。社長。連れてきましたよ」

絢香がノックもせずに、社長室に入っていった。

「失礼します。桜木美咲です」

美咲も社長室に入り、深々と一礼する。

「社長の駿河です。新入社員研修のトップセミナーのときに会っているね」

うわー、本物の社長だ。

「その節は、ありがとうございました」

駿河に勧められて、美咲は社長室の打ち合わせテーブルの椅子に腰かけた。正面に駿河が、その隣に絢香が座る。

「改めて会えて良かったよ。なんと言っても、わたしが社長になって新入社員研修でのトップセミナーをはじめてから、試験で満点を取った新人は、桜木さんが初めてだからね」

「おそれ入ります」

嬉しいよりも、まだ緊張のほうが先にきた。それでも美咲は、笑顔が引きつっていないか心配になりながら礼を言う。

「桜木さんには、驚かされてばかりだな」

「えっ？」

「五月の初め頃に、朝の電車の中で、男性から絡まれている親子を助けたよね」

「ど、どうして、それを……」

「あの車両に、わたしも乗っていたんだよ」

「本当ですか！」

赤ちゃんが泣いてしまって困っている母親に向かって、ひどい暴言を吐いている男を見てしまった。誰も助けようとしないことに我慢できず、気がつけば男の前に飛び出していた。

カッとなると見境なく、相手が誰であろうと我慢できずにぶつかっていってしまう。子供の頃からの美咲の悪い癖だ。思い出しただけでも、赤面して頬が火照ってくる。

「美咲さん。わたしも一緒に見てたよ」

絢香がおもしろそうに口を挟んできた。

「お恥ずかしいです」

美咲は両手を頬に当て、首を左右に振る。

「どこにでも、あの手の男はいるものだ。本人は善意で行動しているから、余計にたちが悪い。わたしもあの親子を助けたいと思ったんだが、勇気がなくて声をあげることができなかった。わたしこそ恥ずかしいよ」

「そんなこと……。社長のお立場では仕方ないことだと思います」

「わたしも自分にそう言い聞かせた。でも、桜木さんは迷わずに立ち向かった」

「わたしは無鉄砲ですから。納得できないことがあると我慢できないんです」

「なかなかの迫力だったよ」

「本当に恥ずかしいです」

すべてを見られていたなんて、穴があったら入りたい。

「わたしはその後でも会っているのよ」

絢香がキラキラと瞳《ひとみ》を輝かせて、美咲の顔を覗《のぞ》き込んできた。

「どこでお会いしたんでしょうか」

「どこだと思う？　そのときもすごかったわよ。もう、感動して見入っちゃった」

「まさか、それって……」

「たぶん、そのまさかだと思うな」

絢香がニヤリと口角をあげる。

「地酒飲み放題の沼津屋《ぬまづや》さんですか」

美咲は、できれば違っていてほしいという願いを込めて言った。

「大当たり！」

もはや、恥ずかしすぎて舌を噛《か》んで死にたい。

「残念ながら、わたしは福岡出張だったんだ。あとで桜木さんの武勇伝を聞いて、心底から出張を入れたことを後悔したよ」

駿河が、さも悔しげに眉《まゆ》を八の字にする。

「あれはバイトの後輩を守りたくて、とにかく必死だったんです」

「はじめは酔って暴言を吐いていた老人たちが、最後には謝罪までして、店への協力を申し出てくれたそうじゃないか。そうだろう、簗山さん」

駿河が絢香に視線を投げた。

「そうなんですよ。まるでサーカスの猛獣使いを見ているようでした」

絢香が長い巻き髪を掻《か》きあげながら喜色を浮かべる。

「その後、老人たちとは良い関係はつづいているのかい」

駿河が尋ねてきた。

「あれから何度か、沼津屋さんで打ち合わせをさせていただきました」

「スマホを使ったオーダーシステムが、高齢者には使いづらかったことが騒ぎの原因だったんだよね」

「はい。そのとおりです」

「何か改善はできたのかい」

「停年退職される前は、西郷さんは広告代理店に、高杉《たかすぎ》さんは印刷会社にお勤めされていたんです。西郷さんの発案でお客様にアンケート調査をしてから、それをもとにして、高齢者でも操作がわかりやすいようにマニュアルを作りました」

「ああいったシステムは、マニュアルがなくても操作ができるように、直感的に作られているはずだが」

「それでも、難しいと思う方はいるんです。だから、四コマ漫画形式で、絵と読みやすい大きな文字を使って、マニュアルを作りました。おかげで高齢のお客様から、とても評判が良いと、坂本店長も喜んでいました」

「なるほど、四コマ漫画のマニュアルか。それはおもしろいな」

「HSジャパンの社長からお褒めの言葉をいただいたと聞いたら、西郷さんたちも喜ばれると思います」

「わたしも沼津屋さんで、そのマニュアルを見ながらオーダーシステムで注文をしてみたいものだな」

駿河の言葉に、

「社長は、地酒飲み放題サービスのほうに興味があるんじゃないですか」

絢香が軽口をきく。

「西郷さんたちはマニュアル作成の御礼ということで、沼津屋さんの割引券をもらったそうです。気を良くして、マニュアル作りの他にもアイデアを出そうって盛りあがっています」

美咲はつづけて説明した。

「それで店に通うようになれば、すっかり常連の良いお客さんになるな。まさに雨降って地固まるだ」

「そうなってくださればいいなって思います」

駿河が、表情を引き締める。

それを見て、美咲も背筋を伸ばして居住まいを正した。

「桜木さんには、まっすぐな心がある」

「そんな……」

「謙遜《けんそん》はいらない。桜木さんの強い意志と優しい心、そして何ものからも逃げない勇気は、社内の透明性を高め、風土文化の改革を進めている我が社にとって、ぜひとも大事にしたいものだ。わたしは本気でそう思っている」

「ありがとうございます」

「では、時間がないので、単刀直入に話をさせてもらいます」

「はい」

「桜木さんには来月の八月一日付で、管理本部人事部の部長になってもらいたい」

「えっ？」

我が耳を疑うとは、こういうことを言うのだろう。

人生で初めての経験だ。

聞き取れなかったわけではない。聞き取れたが、信じられないだけだ。

「もう一度言う。八月一日付で、管理本部人事部の部長になってもらいたい」

「す、すみません。どういうことでしょうか」

何度聞いても理解できない。

どうも、人事部に配属ということだけは間違いないようだ。

営業職を志望して入社し、新入社員研修も営業職コースで受講してきた。一緒に研修を受けてきた同期の仲間たちは、すでに全国の営業所に配属される辞令を受け取っている。

「わかりやすく言えば、人事部の部長をやってもらうということだ」

「い、いいえ。ちっともわかりやすくなんてありません。むしろ、まったく意味がわからないんですが……」

「新聞発表前なので、まだ内密にしていてほしいのだが、わたしは八月一日付で社長を退任することになった」

「会社を辞められるのですか」

「そうではない。代表権をもったまま、会長として行政や経済団体とのパイプ役をやるんだ。今までは水戸会長が担ってこられたのだが、身体のお加減が思わしくないので、そろそろわたしが代わりを務めることにした。いつまでも会長の席を空けておくわけにもいかないからな。それで社長よりは身軽になるだろうから、新しく立ちあげるパブリックサービス本部の本部長も兼務することにした」

「それとわたしの人事と、どのような関係があるのでしょうか」

いくら説明を聞いても、ますますわけがわからなくなるだけだ。

「会社を良くするためには、誰かが勇気をもって改革に立ち向かわなければならない。そのためには強い意志と優しい心、そして何ものからも逃げない勇気が必要だ」

「ちょっと待ってください。わたしを買いかぶりすぎです。わたしは三ヵ月前に入社したばかりの新人で、会社のことなんて右も左もわかりません。会社を良くするための改革なんて無理です」

「わたしはそうは思わないよ」

駿河が優しげに表情を和ませる。

「でも……」

「あのとき電車の中には、たくさんの乗客がいた。それなのに若い母親に暴言を吐く男性を見ても、誰一人として助けようとはしなかった。残念ながら、わたしもその一人だ。だが、桜木さんは迷わず声をあげた。おそれずに男性に立ち向かった。それだけじゃない。男性に対して声をあげられなかったはずの乗客たちが、最後はみんなで拍手をして、桜木さんと一緒に戦ったじゃないか」

「あのときは必死だったからです」

「沼津屋さんのことだって、クレーマーとして店員を困らせていたはずの迷惑客が、気がつけば店のために尽力を惜しまない仲間になっている。桜木さんには、そういう人を惹《ひ》きつける力があるんだと思う」

「それでも人事部長なんて無理です」

美咲は大きく首を左右に振った。

「ハピネス・ソリューションズ・ジャパンには一万八千人の社員がいる。みんな優秀な社員ばかりだ」

「だったら、わたしじゃなくて、他に適任者がいるはずです」

「たしかに仕事ができる社員ならいくらでもいる。しかし、あの電車の中で若い母親を見捨てることなく暴言を吐く男から助けようとしたり、居酒屋で酔ったクレーマーに立ち向かったりするような社員を見つけることは、残念ながら簡単ではないだろう。社長のわたしができなかったくらいだ。でも、桜木さんは違う」

「何度も言うようですが、社長はわたしのことを買いかぶりすぎです」

社長である駿河が認めてくれたことは素直に嬉《うれ》しい。だからといって、人事部長なんて大役を自分ができるとはとても思えなかった。

「わたしは命をかけて社員やその家族を幸せにしたいと思っている。だから、会社をもっと良くしたい。会社の改革は、河の上流と下流から同時に進めることで成果が出るんだ。わたしは経営の視点で会社を良くしていく。だから同時に、現場から声をあげ、立ち向かってくれる人が必要なんだ。すでに何人かの若い人材が、わたしの思いを汲《く》んで動きはじめている。桜木さんにもその一人となってほしい。桜木さんなら、一際大きな声をあげてくれそうだからね」

駿河がまっすぐに美咲の目を見てくる。

美咲には、駿河が本気で社員の幸せを願っていることが痛いほどわかった。が、それとこれとは話が別だ。

「やっぱり、わたしには無理です。できません」

社長はわたしのことを過大評価しすぎている。

あまりに話が重大すぎて、頭の中がぐちゃぐちゃになりそうだった。

「ひとりぼっちで戦ってくれというわけじゃない。電車の中では声をあげられなかった乗客たちが、沼津屋さんではクレーマーとして店員を困らせていたはずの迷惑客たちが、いつの間にか桜木さんの味方になっていた。それは桜木さんが、まわりの人たちを惹きつける力があるということだと思う」

「惹きつける力……ですか」

「そうだ。それはリーダーとしてのとても大切な条件だ」

わたしがリーダーになる。

美咲は駿河の言葉を反芻《はんすう》する。

「あの。少しお時間をいただけないでしょうか」

「そうだな。考える時間が必要かもしれないな」

「まだ、何がなんだかわからなくて……」

「わかった。ぜひ、本気で考えてみてほしい」

「すみません」

「すでに堀田人事部長には、八月一日付で新設されるパブリックサービス本部の事業企画室長の内示を出してある。まだ引き継ぎには早いだろうが、相談に乗ってもらうのもいいかもしれない。それから今後のことは簗山さんが連絡窓口になってくれる。彼女になんでも話すといいよ」

「わかりました」

美咲は深々と一礼すると、重い足取りで社長室を後にした。

2

土曜日の午前中。美咲は、父の英樹《ひでき》が入院している大学病院へ面会に訪れた。

「パパ。調子はどう？」

「美咲か。忙しいのに、来てくれてすまないな」

英樹がベッドに身体を横たえたまま、視線だけを向けてくる。

「もう、いつも言ってるでしょ。別に忙しくなんかないし、たとえ忙しかったとしても、週末にパパのお見舞いに行くのは、わたしの楽しみなんだから」

「そうだったな」

「だから、もう謝ったりしないでね」

「ああ。すまなかった」

「ほら、言ってるそばから」

美咲は英樹と顔を見合わせて噴きだした。

父の笑顔を見ると安心する。できることなら、いつまでも見ていたいと思う。

「お花を買ってきたんだ。ほら、ひまわり。きれいでしょう。花瓶のお花を替えてくるね」

「ありがとう。もう、夏なんだな」

英樹が入院してから、季節が二つも変わっていた。

英樹のベッドは窓際にあるので、澄んだ青空が寝たままでもよく見えるはずだ。窓が締め切られた病室だと、空の色だけでは季節感が乏しいのかもしれない。

「お隣の木村《きむら》さんは、検査中なの？」

美咲は、何気なく隣の空いているベッドに視線を投げる。

英樹の表情が強張《こわば》った。

「木村さんは、一昨日《おととい》の夜、亡くなったんだ」

「だって、先週まであんなに元気にしてたのに……」

この三人部屋は、末期癌の患者ばかりが入院している相部屋だ。

隣のベッドの木村は六十代の現役漁師で、英樹と同じ胃癌のステージ4だった。

それでも先週の土曜日に来たときは、「おじさんは美人が大好きだから、美咲ちゃんに会えるだけで、寿命が十年は延びそうだよ」などと軽口を言っていたのだ。そんな木村の笑顔が脳裏をよぎる。

「この部屋から、今月は二人目だ。しばらくは一人で寂しくなるな」

英樹が溜息《ためいき》を吐くようにつぶやくと、静かに目を閉じる。

手足は骨が透けるほど細くなり、まるで枯れ枝のようだった。呼吸をするために胸が上下するのさえも、なんだか辛《つら》そうだ。

「次に入ってくる方も、木村さんみたいに明るい人だといいね」

美咲はひまわりの花束を英樹の足下に置くと、枕元に椅子を引き寄せて座った。

「ああ、そうだな」

「今日も良い天気。外は暑くなりそうだよ」

「美咲は小さい頃から、夏が好きだったな」

「うん。また、パパとプールに行きたいな」

一緒にプールに出掛けたのは、まだ美咲が小学生の頃のことだ。

「日焼けしたら困るんじゃないか」

英樹が曖昧《あいまい》に言葉を濁す。一緒に行こうとは約束してくれない。

「ねえ、パパはママのどんなところが好きで結婚したの？」

「なんだい、藪《やぶ》から棒に」

英樹がゆっくりと目を開ける。心なしか目元に赤味が差したように見えた。

「だって、わたしは若い頃のママにそっくりなんでしょう」

「ああ、そうだな。美咲は歳を取るごとに、どんどんママに似てきている」

「だったら、パパみたいな男性を見つければ、わたしも幸せな結婚ができるってことだよね」

「パパと結婚したことが幸せだったかどうかは、ママに訊《き》いてみないとわからないけどね」

英樹が力なく笑う。

美咲の母であり、英樹の妻だった亜紀子《あきこ》は、交通事故で他界していた。美咲が高校一年生のときのことだ。

「ママは幸せだったに決まってるよ。だって、ママは超お金持ちの家の一人娘だったのに、パパとの結婚を反対されたからって、駆け落ちまでしたんでしょう」

「おかげでママには苦労をさせてしまったけどな」

「ママはいつも言ってたよ。お金以外のほしいものは、全部パパがくれたって。パパの愛と二人の子供。他にほしいものなんて何もないって」

「ママはそんなことを言っていたのか」

「うん。女同士の秘密だよって。ママはパパと駆け落ちしたことをいつも自慢してた。だからね。わたしもパパみたいな男性を見つけるんだ」

美咲は薄い掛け布団の上から、英樹の胸のあたりに額を押しつける。

英樹が点滴の針が刺さっていない右側の手を伸ばすと、優しく美咲の頭を撫《な》でてくれた。

「会社で何かあったのか」

「なんで？」

「あったんだろう」

「どうしてわかるの？」

「これでも美咲のパパを二十三年もやってるからな」

「やっぱり、パパはさすがだね。ママが駆け落ちまでしただけあるよ」

美咲は突っ伏したまま、父と会話をつづける。

「それ、褒めてるつもりか」

「もちろん」

美咲は声を弾ませた。

父と話しているだけで、なぜだか気持ちが落ちついた。

「自分の信じた道を突っ走るところは、ママの血だろうな」

「わたしのこと？」

「美咲は、ママにそっくりだよ」

英樹の細くなってしまった指が、美咲の髪を優しく梳《す》いてくれた。

「パパの仕事って人事部長さんだよね」

「今は休職中だけどな」

「わたしね、人事部長の内示があったんだ」

美咲は顔をあげる。

「嘘だろう」

英樹がポカンと口を開けていた。

「やっぱり、そういう反応だよね」

「人事部ではなく、人事部長なのか」

「うん。そうみたい」

「だって、美咲の会社は、ハピネス・ソリューションズ・ジャパンだろう」

「そうだよ。それでパパと同じ人事部長だって」

「同じではないな。パパの会社は従業員数が五十人の小さな会社だ。人事部長と言ったって、仕事の内容は天と地ほどに違うと思う」

「そうだよね。やっぱり、無理だよね」

美咲は目を伏せる。

「どうして、そんな話になったんだ？」

「わたしにもよくわからないんだけど、社長に呼ばれて、人事部長をやってほしいって言われたの」

「社長から内示を受けたんだね」

「うん」

「そうか。社長が美咲を人事部長にね」

英樹が身体を起こそうとした。美咲は慌てて父の背中に手を差し伸べると、それを手伝う。父の身体は、ずいぶんと軽く小さくなっていた。

「ほんと、意味わかんないよ。やっぱり、断ろう」

美咲は再び椅子に腰をおろす。

「美咲はどうして、ハピネス・ソリューションズ・ジャパンに入社したんだい？」

「うーん。大学のキャリアサポートセンターで応募案内を見ていたとき、『IT活用による社会変革で持続可能な未来を創造する』っていう企業理念が魅力的に感じたからかな」

「なんだか、採用面接の模範回答みたいだな」

英樹が穏やかに頬を緩めた。

「まあ、たしかにそうだよね」

「だからといって、給料が良さそうだったからとか、大手だから安心だとか、美咲がそんな理由で就職先を選ぶわけがないし。そもそも、大手のIT企業なら、他にいくつもあったはずだよ。ハピネス・ソリューションズ・ジャパンに入りたいと思った理由があったんだろう？」

英樹が覗《のぞ》き込むように見つめてくる。

「ハピネス・ソリューションズ・ジャパンのウェブサイトを見たら、企業理念や行動指針よりも先に、『社訓』っていうのが載ってたの」

「なるほど、社訓か。なんてあったんだい？」

「情けは人の為ならず」

「それって……」

「うん。ママの口癖だったよね」

「ああ」

「小さいときから、何千回も聞かされてきた。いつもママは困っている人を見たら、情けは人の為ならずだよって言って、迷わずに手を差し伸べていたよね」

「それでハピネス・ソリューションズ・ジャパンを志望したのか」

「他にも理由はあるけど、たぶん一番はそれだと思う」

美咲の言葉に、英樹が嬉《うれ》しそうに何度もうなずいた。

「なあ。亜紀子だったら、どうしていたかな」

「何が？」

「もし亜紀子だったら、人事部長の内示を受けただろうか」

「ママだったら？」

「亜紀子は助けが必要な人がいたら、放ってはおけない人だった」

知ってるよ。だから、ママは亡くなったんだよ。

そう言いそうになって、美咲は言葉を呑《の》み込んだ。

美咲の高校の入学式の帰り道。英樹は仕事の関係で、少し先に学校を出ていた。亜紀子と美咲の二人だけで道を歩いていたとき、一台のトラックが猛スピードで突っ込んできた。美咲は亜紀子に突き飛ばされて、命を救われた。だが、亜紀子は即死だった。

自分のことよりも、いつだって他人の心配をしている人だった。

「わたしだって、困っている人がいたら助けたいって思ってる……」

母からもらった命だ。母がしてくれたように、困っている人や助けが必要な人がいれば、どんなことがあっても逃げずに手を差し伸べたい。母からもらった人生だから、そう生きるのだと決めたのだ。

学校では誰よりも一生懸命に勉強した。おかげで成績は常にトップクラスだった。クラス委員や生徒会長、それに部活では部長を務め、クラスメイトや部員のために、できることはなんでも手助けした。

母からもらった人生だから、少しでも無駄にしちゃいけない。母の分も生きるのだ。

「……それでも、できることとできないことがあるんだよ」

上半身を起こした英樹が、ベッド脇のサイドボードの上にあったフォトスタンドを手に取る。

父と母と美咲と弟の四人で、ディズニーランドで撮った写真だ。

美咲も弟も、まだ幼い。父は頬が丸くてお腹が出ている。母はずっと変わらないままだ。

「神様は、人にできないことを押しつけたりしないんじゃないかな」

「パパは宗教なんてもってないじゃない」

桜木家では、お正月には神社に初詣《はつもうで》に行くし、お盆とお彼岸にはお寺にお墓参りをして、クリスマスにはケーキを買って祝っていた。

「宗教とは違うかもしれないけど、ちゃんと神様みたいなものはいるって信じているさ」

「何よ。神様みたいなものって」

美咲は苦笑いする。

「その神様は、頑張っている人に対して、できないような無理難題は押しつけないんじゃないかな。きっと、美咲ならできるって思ったから、人事部長の話が来たんだと思う」

「内示をしたのは神様じゃなくて社長だけどね」

「パパも、絶対に癌なんかに負けない。神様は乗り越えられない試練なんて、与えるはずがないんだ。美咲のウエディングドレス姿を見るまでは、必ず生きてみせる」

英樹がこんなことを言ったのは、初めてのことだ。娘を応援してくれている気持ちは、痛いほどに伝わってくる。

「約束だからね。わたしがウエディングドレスを着るなんて、当分は予定ないんだから」

「大丈夫だ。パパは負けないから」

「うん。わかった。わたしも、もう少し考えてみる」

そのとき、美咲の弟の疾風《はやて》が部屋に入ってきた。

「あれ、姉ちゃん、来てたんだ」

美咲は慌てて手の甲で涙を拭《ぬぐ》う。

疾風は大学の三年生で、日本の中世史を学んでいる。今どきの大学生だ。姉弟《きょうだい》の仲は、かなり良いほうだろう。

「土曜日はパパのところって決まってるでしょう」

「だって、目が覚めたらもういなかったし」

「わたしはもう社会人なんだからね。大学生のいい加減な昼夜逆転生活に付き合ってたら、こっちがおかしくなっちゃうわよ」

「せめて、起こしてくれてもいいのに」

「朝ご飯は用意してあったでしょう」

「朝ご飯？　あれはエサというカテゴリーだと思うけど」

「まあ、それは否定できないけど」

「だよね」

「明日《あした》からは三食、自分で作りなさい」

「ごめん。お姉様、許してください」

姉と弟のいつものやり取りを見て、英樹の双眸《そうぼう》が和む。

「疾風も料理くらいできるようにならないと、美咲がお嫁に行ったら、一人暮らしで苦労することになるぞ」

その家庭に父の存在がないことが悲しいが、美咲は気がつかないふりをした。

「えー。姉ちゃんにそんな人がいるの？」

「いるわけないでしょ」

「だよね」

「だから。だよねって、何よ」

美咲は平手で疾風の頭を叩《たた》く。

「痛っ」

「疾風もいつまでもわたしを頼ってないで、少しは自立しなさい」

「はいはい。そうやって未来の旦那《だんな》さんも、姉ちゃんの尻《しり》に敷くつもりだろう」

「大丈夫よ。喜んでわたしのお尻に敷かれてくれるような素敵な男性を探すから」

美咲は満面の笑みをうかべると、父を見つめ返した。

3

美咲は、もう少し父と話をしていくという疾風を残して、先に帰宅することにした。

父の病室を出ると、エレベーターで一階に降り、広いロビーを抜ける。

ロビーには有名な全国チェーンのカフェが併設されていて、外来患者や入院患者のみならず、その家族や病院の職員、さらには出入りの業者と思われるスーツ姿の男女によってかなり賑《にぎ》わっていた。

天然木のお洒落《しゃれ》なテーブルと椅子が点在し、たくさんの観葉植物が配されていることで、この一角だけは無機質な病院とは一線を画している。

美咲もコーヒーを飲んで行こうと、周囲を見渡して空いている席を探した。

ちょうどそのとき、前から若い男性が松葉杖《まつばづえ》をついて歩いてきた。

高校生くらいだろうか。Tシャツにスエットパンツにスリッパ履き、右足の膝《ひざ》のあたりが痛々しくギプスで固められている。ここの病院着ではないものの、見るからに入院患者だった。

この大学病院には整形外科もある。

男性が松葉杖を右の脇に抱え、左手にはコーヒーのテイクアウト用カップと一冊の文庫本を持って、どうにも歩きづらそうにこちらに向かってきた。

次の瞬間、慣れない松葉杖のせいか、男性が転びそうになる。

「危ない！」

美咲は慌てて駆け寄り、その身体を両腕で支えた。

「ごめんなさい」

彼もコーヒーも無事だ。

「大丈夫？」

「は、はい」

彼が少し驚いた表情を見せる。近くで見ると女の子みたいにクリッとした目をしたかわいい子だが、身長は美咲よりも頭一つくらい大きかった。スポーツでもやっているのだろうか。顔や腕は日焼けして真っ黒だ。

「とにかく、ここに座って」

「ありがとうございます」

彼の背に手を添えたまま、美咲は一緒にテーブル席に腰をおろした。

「それ、『星の王子さま』だよね」

美咲は彼が手にしている文庫本を指差す。

「ああ、これですか」

「そう」

「監督が差入れにくれたんです」

彼が少し照れたように、視線を泳がせた。

「監督さん？」

「俺、サッカーやってて」

「それで監督さんか。高校の部活かな？」

「監督は担任で、現国の先生だし」

彼がうなずきながら、文庫本に視線を落とした。

「素敵なお見舞いの品ね」

どんな経緯で怪我をしたのかはわからないが、入院している生徒の見舞いの品に、漫画本ではなく世界的なベストセラーになった童話を贈るなんて、それだけで良い先生だと思える。

『星の王子さま』は、フランスの作家アントワーヌ・ド・サン＝テグジュペリによって書かれた有名な童話で、一九四三年に出版されて以来、多くの言語に翻訳され、世界中で愛されている。物語の中で、星の王子さまが旅に出て、さまざまな人との出会いや経験を通し、人生における重要な教訓を学んでいく。

童話なので子供でも楽しめるような易しい言葉で書かれているが、大人が読めば自身の人生と重ね合わせて、より深い意味が感じられる作品と言われている。

「そうなのかな。俺、本なんかほとんど読んだことがないから、ちょっと困ってるっていうか」

「そうなんだ。でも、読んでみようと思ったのね」

「まあ、どうせ暇だし」

「きっと、おもしろいと思うよ」

「なんで、そう思うんですか？」

「ほら」

美咲はバッグから、一冊の本を取り出した。

「えっ、嘘？」

美咲が手にしている本は、彼が手にしているものと同じ表紙だった。

「ちょうど、わたしも同じ本を読んでいるところなんだ。あと少しで読み終わるよ。こんな偶然って、あるんだね。かなり、びっくりしてる」

「ドラマみたい。なんか、できすぎじゃないですか？」

「それを言ったら、君が転びそうになったのも、わたしが助けようとしたのも、全部できすぎだよね」

二人で顔を見合わせて噴きだした。

「サッカーで怪我したの？」

「ええ、まあ……」

瞬時に彼の表情が強張《こわば》った。視線を落とした先の右足のギプスが痛々しい。

「早く治して、練習に復帰しなくちゃね」

元気づけるつもりで言った。

「試合中に大怪我しちゃって……、前十字靭帯《じんたい》を断裂したんです」

「でも、治療してリハビリとかすれば、またサッカーできるんだよね」

「遊び程度ならね。でも、選手としてはもう無理だって、医者に言われました……」

彼が見せているのが作り笑いであることくらいは、初めて会ったばかりの美咲にだってすぐにわかる。

「……前十字靭帯の損傷って、サッカーのような急な方向転換やストップ・ダッシュが頻繁なスポーツではとくに多くて、治療するには再建手術が必要なんだそうです。手術が成功したとしてもリハビリが長期間になるし、複数回の手術が必要になったり合併症が起こることもあって、選手としての復帰は難しいそうです」

「難しいってことは、不可能ではないってことなんでしょう？」

「無理に元気づけてくれなくてもいいですよ。監督にもチームの仲間にも、さんざん慰めてもらいましたから」

「そういうつもりじゃ――」

「仕方ないんです。どうせ怪我や病気では、めったに奇跡は起きないんだから」

つとめて明るく言葉にするが、その表情には深い悲しみがにじんでいた。

奇跡は起きないか。

美咲は、彼の言葉を胸の内で繰り返す。

「でも、あきらめちゃったら、奇跡なんて絶対に起きないよ」

「いいんですよ。俺なんて、どうせ中途半端な選手なんだから」

「どういう意味？」

「俺の高校は全国大会に出場したことがあっても、国立まではいけないレベルなんです」

「国立って？」

「全国大会の決勝が行われる国立競技場のことです。高校野球なら甲子園《こうしえん》、高校ラグビーなら花園《はなぞの》、高校サッカーでは国立競技場が聖地なんです」

「なるほど、それで国立なのね」

「全国大会一回戦負けが過去の最高成績程度の学校なのに、どうせ俺はレギュラーにもなれてないし――」

「四回目だよ」

「えっ？」

美咲の言葉に、彼が目線をあげた。

「わたしに会ってから、君が『どうせ』って言った回数」

「数えてたんですか」

「口癖になってるよね」

「そうかな」

「どんな人だって、『どうせ』なんていう人生はないと思う。もし君がわたしの弟だったら、平手で頭をどついているところだよ。いや、今のはげんこつかも」

「弟じゃなくて良かったです」

彼が戸惑ったように苦笑いしている。

「ねえ。わたし、『さくらぎみさき』っていうんだ。桜の木が美しく咲くって書いて桜木美咲。えらくプレッシャーがかかる名前をつけてくれた親には、まあ感謝してる。君は？」

「えっ？」

「君の名前」

「久坂《くさか》だけど……」

「久坂、なんていうの？」

「しょうき」

「どんな字を書くの？」

「翔《と》ぶに希望の希」

「翔希《しょうき》くんか。素敵な名前だね。わたしのことは、美咲先生って呼んでいいよ」

「はあ？　なんで先生なんですか。お医者さんじゃないですよね」

美咲は土曜日の休日に、父の見舞いに来ただけだ。白無地のノースリーブのカットソーにデニムパンツというカジュアルな服装だった。近所のコンビニに買い物に行くような格好で、いくらここが病院であっても、どう見ても医者には見えないだろう。

「当たり前でしょう。ここには父が長期で入院していて、今日もお見舞いに来ただけよ」

「じゃあ、なんで先生なんですか」

「学生の頃は学習塾のアルバイト講師として、高校受験をする中学生に英語や国語を教えていたんだ」

「俺は高二だけど」

「中三も高二も同じようなものでしょ」

「全然違うよ」

翔希が口を尖《とが》らせる。

「翔希くんは、いつまで入院してるの？」

「リハビリの進み具合にもよるけど、たぶんあと一カ月くらいはかかると思う。でも、なんでそんなことを訊《き》くんですか？」

「二人で読書会をやろうよ」

「読書会？」

翔希が訝《いぶか》しげに眉《まゆ》を寄せた。

「そう。二人で同じ本を読んで、疑問とか、好きな場面とか、感想を自由に意見交換するの。これでもわたしは学習塾の先生だったんだから、深掘りや解説もしてあげられると思う」

「なんで、そんなことをするんですか」

翔希が事の成り行きに戸惑っている。

「まあ、いいじゃない。袖《そで》振り合うも多生の縁って言うでしょう。転びそうになっていた翔希くんのことをわたしが助けて、二人が同じ本を読んでいたなんて、まさに縁があったってことだと思うの」

「縁ですか」

「これが食パンをくわえた女子高生と通学途中にぶつかったとか、図書館で同じ本に同時に手を伸ばしたとかなら恋が芽生えちゃうところだけど、わたしは女子高生じゃないし、ここは病院で図書館でもないから、恋じゃなくて読書会で手を打っておこうってわけ。わかってもらえたかな」

「いや、むしろどんどんわからなくなってきちゃってますけど」

「いいから、来週の土曜日の同じ時間に、またここで会いましょう。それまでに、『星の王子さま』をお互いに読み終えておくこと。いいわね」

「なんで、勝手に――」

「わかったわね」

美咲は翔希の腕を摑むと、睨《にら》むようにして念押しする。

「わかったよ」

「何それ。わかったよ、じゃないでしょう」

「わかりました」

「はいと美咲先生は？」

「はい。美咲先生、わかりました」

翔希が諦《あきら》めたように肩をすくめた。

「いい返事ね。とりあえず、なんでもいいから新しいことをはじめてみようよ」

「言いたいことは、なんとなくわかるけど……」

「今はつらいと思うけど、時間が経てばきっと新しい道が見えてくるはずだよ。無理に元気を出さなくても、ゆっくり進めばいいから」

そう口にしながら、美咲は自分の言葉に驚く。

「チームの仲間や友達も、同じことを言ってました。だけど新しい道なんて、すぐに見つかるわけがないじゃないですか。たとえ見つかったって、簡単に踏み出せるものじゃないし」

「そうだよね。踏み出すのは簡単じゃないよね」

「えっ……」

「でもね。それでも人は前に進まなくちゃいけないんだよ」

美咲は自分に言い聞かせるように言った。

4

「とにかく、やるだけやってみるつもりです!」

美咲はまっすぐに顔をあげた。

月曜日の朝。社長秘書の簗山絢香に連絡を入れたところ、すぐに本社の会議室に呼び出される。美咲は絢香に会って開口一番に、自分の思いを伝えた。

「さすがは桜木人事部長。覚悟を決めるのが早いわね」

「その呼び方、やめてください。だいたい、まだ内示だけで、人事部長になるのは来月からですよね」

「じゃあ、それまでは美咲ちゃんでいい?」

「いえ、桜木さんでお願いします」

「なあに、固いのね。つまんない」

「アメリカではビジネスでもファーストネームで呼び合うのかもしれないですけど、ここは日本ですから」

「早速、人事部長らしくなったね。じゃあ、間を取って美咲さんってことで手を打ちましょう」

茶化してくる絢香を受け流して、

「それより、わたしの今後のスケジュールを教えてください」

美咲はA4サイズの大型手帳を取り出して、メモの準備をする。

それを見て、絢香も秘書の顔になった。

「今日と明日《あした》は、堀田人事部長のスケジュールを押さえてあります。まだ、内示が出ただけで堀田さんや美咲さんの人事は公になっていないから、あくまで二人だけで引き継ぎをしていただくことになるかな」

「社長とお話をするんじゃないんですか」

てっきり、まずは人事部長を引き受けることを、駿河社長に報告するのだとばかり思っていた。

「部長クラスの内示は、本部長の仕事なの。美咲さんの場合は特別に駿河社長が内示したけど、これはあくまで特別なこと。内示をした後まで、駿河社長が関わることはないわ」

「そうなんですね」

また駿河社長に会えると思っていたので、美咲は落胆する。

「それに本日、社長交代の記者会見を予定していて、駿河社長はその準備で大忙しなの。夕刊には記事が出るから、すぐに関係各所に挨拶《あいさつ》まわりをしなくちゃいけないし」

ハピネス・ソリューションズ・ジャパンほどの大企業になると、社長交代は新聞やテレビで報道されるのだ。

「絢香さんも、そんなときにわたしのことでご配慮くださって、ありがとうございます」

美咲は頭をさげた。

人事部長といっても右も左もわからない。今は絢香が頼みの綱だ。

「それから役員フロアの第二小会議室を押さえてあるので、堀田部長との打ち合わせでは自由に使ってね」

「役員フロアの会議室なんて、わたしが使っていいんですか」

「本社の役員フロアは、役員と本社在籍の部長以上が利用できる決まりになっているの。少し早いけど、内示が出ているんだから、美咲さんが使うことは、なんら問題ないわ」

「なんだか、まだ自分のことじゃないようです」

美咲は小さく溜息《ためいき》を吐く。

「大丈夫よ。あなたならできる」

「えっ？」

「正直言って、新入社員がいきなり人事部長になるなんて、前代未聞というか、誰が聞いても信じられないような人事よね。漫画か深夜ドラマでも、なかなかありえないようなファンタジーな設定なんじゃないかな」

「わたしもそう思います」

ファンタジーとまで言われても、一ミリも否定できない。

「この辞令が全社に公表されたら、それこそ会社の内外で大騒ぎになるでしょうね。とくに社員の間では、恣意《しい》的人事だって言われて、不満や不評が噴出するのは間違いない。そのいくつかは鋭い矢弾となって、直接、美咲さんに向けられると思う」

「やっぱり、そうですよね」

美咲は気が重くなる。

「だけどね、わたしは美咲さんが勇気をもって立ち向かっているところを、今までに二度も見せてもらった。駿河社長が美咲さんを人事部長に推したいっておっしゃったとき、わたしは大賛成したのよ」

「でも、本当にわたしでいいのか、まだ自信がなくて……」

美咲は目線を落とした。

「駿河社長の口からは言えなかったのだと思うけど、美咲さんを人事部長に抜擢《ばってき》したことには、社長なりのねらいがあったんじゃないかしら」

「どういうことでしょうか」

「駿河社長は経営トップとして、改革や改善をするための強い権限を持っている。でもね、その立場があるからこそ、できないこともあると思うの」

「社長の権限があってもできないんですか」

「そうよ。泣いている赤ちゃんを抱いた母親に暴言を吐いている男性がいても、駿河社長は助けに入ることができなかった。どうしてだかわかる？」

「社長としての立場があるからですか」

「はっきり言えば、その通りよ。けっして褒められたことではないけど、それが企業のルールでもある。でも、美咲さんは、迷わずに男性に立ち向かっていった」

「無鉄砲なだけですよね」

「それでも駿河社長にできなかったことを、美咲さんは解決したの。それだけは間違いのない事実よ」

「絢香さん……」

「駿河社長は、社員やその家族を本気で幸せにしたいって思っている。わたしは社長と一緒に仕事をしてきて、そのことをよく知ってる。その社長が、会社を良くするためには、あなたが必要だと決めたのだから、わたしは全力で応援する」

「ありがとうございます」

絢香の励ましに、涙が出そうになった。

大丈夫だ。わたしは一人で戦うんじゃない。

美咲は絢香に笑顔を返すと、胸を張って背筋を伸ばした。


美咲は、社員食堂で絢香と一緒にランチをすませ、午後からは一人で役員フロアの第二小会議室に向かった。

十七階の役員フロアに行くと、この階だけは入口に受付があって、女性が対応していた。

一階ロビーの受付は派遣会社の派遣社員で専用の制服を着ていたが、役員フロアの受付に座っている女性は私服なので、おそらくは秘書課の社員だろう。

各階のフロアは硬いフロアカーペットだが、十七階だけはフカフカの真っ赤なじゅうたんが敷き詰められていた。あまりに毛足が長いので、ヒールを取られて転びそうになったほどだ。

「あのー、人事部の桜木です」

受付で名前を名乗る。

「はい。うかがっております。社員証を、そちらにかざしてください」

指し示されたICカードリーダーに、社員証をタッチする。ピッと音が鳴って、モニターに美咲の顔写真入りの社員情報が掲示された。

所属は「人事部付」ながら、役職は「部長」となっている。明らかにフライングだが、きっと絢香がいたずら半分で登録したのだろう。それを見て、受付の女性が一瞬、戸惑ったような顔をしたが、それでも何も言われずに中に入ることができた。

案内表示を見ながら、第二小会議室まで行く。

部屋の前に立つと、すでに「使用中」のランプがついていた。

ノックしてから、ドアを開ける。

「はじめまして。人事部の堀田です」

堀田が立ちあがると、笑顔で迎えてくれた。

「桜木美咲です。よろしくお願いします」

人事部と聞いて、なんだか学生時代の採用面接のような挨拶をしてしまう。堀田も同じ

ことを感じたらしく、

「どうぞ、緊張しないでください」

笑顔を見せて、席に座るように示してくれた。

堀田は細面に銀縁の眼鏡をかけていて、短く切った髪を七三できっちりと分けている。年齢は四十代半ばくらいだろうか。ＩＴ企業の社員というより、どちらかといえば人の良さそうな信用金庫か市役所の職員という感じだ。

こういう人が採用面接に出てきてくれたら、学生も安心できるだろう。

「わからないことばかりなので、よろしくお願いします」

美咲は頭をさげた。

「噂の桜木美咲に会えて光栄ですよ」

「そんな……」

空気を和らげようとしてくれているのはありがたいが、とてもまだ笑える状況ではない。

「いやぁ、駿河社長から聞いてはいましたが、本当に新人さんなんですね」

「すみません」

美咲は再び頭をさげる。

「何も詫《わ》びることはありません。誰だって新しい部署に異動になったときは、何もわからないものです。わからなければ、誰かに訊《き》けばいい。異動してきた人が新しいことを学ぶための時間をもてるくらいの余裕は、うちの会社にはありますから」

堀田が優しげに目元を和らげた。

「でも、何をどうしていいのか、本当にわからなくて」

美咲の言葉に、

「桜木さん」

堀田が優しく語りかけてくる。

「はい」

「企業というものは、できる人に役割を与えるのではありませんよ。まず先に役割を与えて、それができる人に成長させるのです」

「できるように成長させるんですか」

美咲は嚙《か》み締めるように、堀田の言葉を繰り返した。

「そうです。わたしだって初めから人事部長の仕事ができたわけではありません。人事部長になってから、その仕事ができるように頑張ったんです。組織というのは器です。その器のサイズに合う人を探していたら、人材なんていくらいたって足りません。とにかく器のサイズに足りない人でも入れてみて、器に合わせて育ってもらいます。その器一杯の大きさまで成長できれば、次はさらに大きな別の器に移ってもらいますし、いつまでも成長できなければ、他の人に代わってもらうまでです。それが組織というものです」

堀田なりの言葉で、美咲のことを励ましてくれているようだ。

「ありがとうございます。頑張ります。まずは何をすれば良いのでしょうか」

「桜木さんは、元々は営業職を志望していたんですよね」

「はい。そうです」

「営業は具体的に成果が数字で表れる仕事です。業績や活動プロセスには目標が明確な数字で示されているので、達成率による成果がはっきりします」

「業績は売上や粗利で、活動プロセスは顧客訪問件数や提案書提出件数などのことですね」

「さっと説明できるなんて、さすがはS評価ですね」

美咲は新入社員研修で習ったことを思い出した。

「いえ、まあ……」

「人事部の仕事を一言で言うと、人材の最適配置による生産性向上になります」

「生産性向上ですか？」

わかるようで、よくわからない。

「まあ、当社はITの販売会社ですから、生産性向上とは売上や利益の拡大と言ってもいいかもしれません。最前線の営業職に限らず、営業間接部門やわたしたちのような管理部門も含めて、社員の生産性向上は、売上や利益を増やすことを最終目的にしています」

「業績をあげるのは、営業だけじゃないんですね」

「もちろんです。その中でも人事部は、人材の確保、最適人事による組織活性化、教育による人材育成、就業規則などによる労働環境の維持管理、報酬制度による賃金の支払い、福利厚生による職場環境の改善などが主な仕事になります。でも、これらは手段であって、目的はあくまで業績の拡大なんです」

「それにしても、たくさんの仕事があるんですね」

引き継ぎがはじまったばかりなのに、説明を受けるほどに不安は高まるばかりだ。

「桜木さんには、口の固い部下を選んで教育担当をさせます。明日《あした》から八月一日まで、人事部の仕事について法的なことも含めて、しっかり勉強してください」

美咲の不安を見越したように、堀田が準備をしていてくれたことがありがたい。

「わかりました」

「ただ、駿河社長からは、桜木さんには今までの人事部の仕事にとらわれることなく、自由にやっていただくようにと言われています」

「どういうことでしょうか」

「さあ、社長が何を期待しているのかはわかりません。とにかく、桜木さんらしいやり方でやれば良いんじゃないでしょうか」

「なんだか、ますます不安になってきました」

美咲はボールペンをノックして赤色に替えると、「わたしらしく」と手帳に書き込んだ。

「人事部の仕事は決まっているようで、実は決まってないんです。だから、これは人事部の役割ではないと思えば、こんなに楽な仕事はありません。でも、すべてが人事部の役割だと思えば、これほど大変な仕事もないんです」

「すべてが人事部の仕事」

美咲は、そう口にしながら、手帳に書き加える。

「会社の中に人事部と関係のない仕事なんて、実は一つもありません」

「わたしに務まるでしょうか」

「本社のスタッフは優秀ですよ。日常の仕事は部下に任せて、桜木さんは大きな仕事に挑戦してみたらいいんじゃないですか。わたしも応援しますから」

「ありがとうございます。まずは、わたしの仕事を見つけるようにします」

美咲はそう言いながらも、不安や焦燥が湧きあがってくるのを抑えようがなかった。


八月一日の朝。

およそ一カ月にわたる人事の勉強を終え、今日から美咲は人事部に出社する。

人事の仕事どころか、社会人としての経験も皆無である美咲だったが、ここまで来たら、とにかくやるしかないと思う。

人事部は本社の十五階にある。

すでに八月一日付の人事は、一週間前に全社に発表になっていた。

堀田人事部長の異動も、その後任に美咲が就任することも、人事部に知れわたっている。

人事部の人たちが部長人事を知ったときの反応を想像するだけで膝《ひざ》が震える思いだったが、かといって今さら逃げるわけにはいかない。

「おはようございます!」

美咲は十五階フロアの入口のところで、大きな声をあげて挨拶《あいさつ》をした。

すでに半数以上が着席し、仕事の準備をはじめている。全員が一瞬、顔だけをこちらに向けたが、手を止めることはなく、「おはようございます」と覇気のない挨拶を返して、すぐに興味を失ったように作業を再開させた。

こんなものなのかな。

想像していたのと違って、少し落胆する。

「桜木部長ですよね」

一人の若い女性だけが、小走りに駆け寄ってきてくれた。

「はい。今日からお世話になります」

美咲は女性に向かってお辞儀をする。

「八窪《やくぼ》です。こちらこそ、よろしくお願いします」

「ああ、八窪奈々《なな》さんですね」

堀田から事前に引き継いでいた人事ファイルは、すべて頭に入れてあった。記憶力の良さは、美咲の自慢の一つだ。

八窪奈々は、ハピネス・ソリューションズ・ジャパンの販売代理店である八窪商会の社長の娘だ。八窪商会は埼玉県で一、二を争う取引高があるので、これはいわゆる縁故入社で、人事ファイルには、丸印にEの判子が押され、「マルイー」と言われている。

ハピネス・ソリューションズ・ジャパンは、顧客企業への直売をしている販売会社だが、実は契約している販売代理店への卸売が、売上構成比のおよそ四割を占めている。つまり、代直比率は四対六で、全国に支店をもつような大きな事務機販売会社から街の小さな文房具店まで、全国におよそ六百店あまりの販売代理店をもっていた。

八窪商会もその中の一社である。

「奈々ちゃんでいいですよ。みんな、そう呼んでくれてますから」

おっとりとしたしゃべり方で、どうにも調子が狂う。

「でも、ご存じかもしれませんが、部長と言っても、わたしはまだ新人なので」

「わたし、短大卒の入社三年目なんです。だから、桜木部長とタメなんです」

年齢が同じだから、気軽に呼んでほしいということだろうか。

「タメですか……」

「だから、桜木部長にも奈々ちゃんって呼んでもらったほうが嬉《うれ》しいんです」

アニメキャラのような度の強い黒縁眼鏡が印象的で、本社勤務の女性社員にしては珍しく化粧っ気がなく、着ている山吹色のワンピースもまるで遊園地のくまさんの着ぐるみみたいで愛らしい。

屈託のない笑顔を見れば、人の良さは疑いようがないと思うが、このマイペースな雰囲気では、まわりからばかにされていないか心配になる。

「そうなんですね。八窪さんがそのほうがいいなら、わたしも奈々ちゃんって呼ばせてもらいますね」

「わあっ！　嬉しいです」

奈々が両手を叩《たた》いて喜ぶ。この調子なら、少しばかり踏み込んだ質問をしても大丈夫そうだ。せっかくなら仲良くなっておきたい。

「奈々ちゃんは、八窪商会のお嬢さんなんですよね」

「そうですよ」

「マルイーってことは、人事部のみんなは知っているんですか？」

「もちろん、知ってます……」

なるほど、縁故入社であることは周知の事実なのか。奈々に限らず、ハピネス・ソリューションズ・ジャパンはこういうことにはオープンな企業文化なのかもしれない。

「……だけど、兄が次期社長として営業部長をやっているんで、わたしがお婿さんをもらって実家を継ぐという選択肢はないんです」

「お婿さん？」

「そうです。兄がいますから、わたしと結婚しても八窪商会の次期社長の逆玉にはなれません。だから、ちっとも男の人たちが寄ってきてくれないのが残念です」

「結婚願望が強いんですね」

人は見かけには依《よ》らないようだ。

「当たり前じゃないですか。そのために人事部に潜り込んだんですから。今度、桜木部長にもわたしが内緒で作った婚活ファイルをお見せしますね。本社の若手男性社員を、わたしの基準でランキングしました。眺めているだけでも時間を忘れるほどです」

「あ、ありがとう」

女子高生か。

本当に、人は見かけに依らないものだ。恋愛対象者をランキングするなど褒められたものではないが、ここは趣味の範疇として大目に見ることにする。

「それで、前任の堀田部長からは、わたしが桜木部長のサポートをするように言われています」

「わたしのサポートですか」

「まあ、秘書みたいなものです。役員や支社長には秘書がつきますが、部長には社内規程で秘書をつけられません。でも、全国の各支社にいる営業部長や技術部長と違って、本社の部長は唯一無二の仕事をしています」

「そうか。営業部長は全部の支社にいるけど、人事部長は本社にいるわたし一人だけってことですね」

「はい。本社の部長は権限も大きいし、仕事も専門性が高いので、事実上の秘書を置くことが慣例になっています。まあ、わたしも本来の業務をしながらの兼務なので、秘書というよりお手伝いさんみたいなものですけど。スケジュールの調整やアポイント取り、それから出張の手配から領収書の精算まで、細々とした仕事は相談してください」

なるほど、それでサポートか。

「奈々ちゃん。早速なんだけど、二人の課長を紹介してもらえますか」

奈々と話をしているうちに、始業時刻の九時をすぎていた。すでに人事部のすべての席が埋まっている。

「人事一課の大岡《おおおか》課長と人事二課の葛野《くずの》課長ですね。こちらへどうぞ」

奈々が先導して歩きはじめた。

人事部には六十人の社員が在籍している。人事考課や報償制度を担当している人事一課と採用や福利厚生を担当している人事二課で、それぞれ三十人ずつが配置されていた。

最初にフロア右奥の管理職席に案内される。人事一課長の大岡孝八《たかや》の席だ。

「大岡課長。おはようございます」

奈々が大岡に声をかけた。声をかけられても、大岡はノートパソコンの画面を睨《にら》んだまま、返事をしない。

「おはようございます」

先に美咲から挨拶をする。

それでやっと、大岡がノートパソコンの画面から顔をあげた。

「お、おまえは！」

大岡の表情が固まる。すぐにその顔が鬼のような険しいものになった。

「あなた、あのときの……」

美咲も大岡の顔を見て絶句する。

「なんで、おまえがここにいるんだよ」

大岡が今にもつかみかかりそうな勢いで声を荒らげた。

周囲の社員たちが、何事かと一斉に注目する。

間違いない。以前、朝の通勤電車で赤子が泣きやまずに困っていた母親に、心ない罵声《ばせい》を浴びせていた男だ。

まさか、あのときに言い争いになった男が、人事一課の課長だったなんて。

「本日から人事部にお世話になる桜木です」

最悪だ。あまりのショックで気を失いそうだった。

「そうか。新しい部長は今年入社したばかりの新人だって人事発表があったから、いったいどんなふざけた奴が来るのかと思って楽しみにしていたんだが、おまえだったのか」

「そ、その節はどうも……」

あのとき大岡は、若い母親にパワーハラスメントをしていたのだ。美咲はそれを注意し、母親を助けただけで、間違っていたのは大岡のほうである。

それでも、できることなら配属初日から風波は立てたくなかった。

「俺がせっかく電車内で迷惑をかけていた母親を注意してやっていたのに、わけのわからん難癖をつけて邪魔しやがって！」

受け流すつもりだったが、この一言が美咲に火をつける。

カチンッとくるとはいうけれど、本当に頭の中で大きな音が鳴った気がした。

「なんですって！　あなたこそ、子育てを頑張ってる若いお母さんに、人としてどうかと思うような暴言を吐いていたんじゃないですか！」

美咲は気がつけば言い返していた。

「いいか。俺はものを知らない母親に、社会のルールってやつを教えてやっていたんだ」

「冗談じゃない。ものを知らないのはあなたのほうです」

「言わせておけばつけあがりやがって。俺は善意から、あの母親に注意してやってたんだぞ。それを横からしゃしゃり出てきて、好き勝手なことをわめき散らしたのはおまえだろう」

「どこが善意よ。あれが善意だって言うなら、世の中に悪意なんて存在しないですから」

「だいたい、うちは日本を代表するＩＴ企業だぞ。それを右も左もわからないような新人の小娘が人事部長だなんて、これは日本の経済界を揺るがす珍事だ。いや、暴挙と言っていい。いいか、俺は絶対におまえを上司とは認めないからな」

「それ、却下です！」

「な、なんだと……」

「わたしは本気でこの会社のために頑張るつもりなんですから。絶対にわたしのことを人事部長として認めさせてみせます」

売り言葉に買い言葉だ。

自分でもだめだとはわかっていたが、もうどうにも止まらない。こういうところは、駆け落ちまでして父と結婚した母の血なのかもしれない。

美咲と大岡に挟まれた奈々は、どうしていいのかわからずに、泣きそうな顔をしていた。

そのときだ。三人の間に男が割って入ってくる。

「大岡課長。なんか、販売企画の大久保室長が捜していたみたいですよ」

ひょうひょうとした物言いで、怒りに我を失っている大岡に語りかけた。

「大久保さんが？　なんだろう」

大岡が我に返る。そのまま席を立つと、美咲に一瞥《いちべつ》をくれ、すぐに人事部の部屋を出て行ってしまった。

「葛野さん。ありがとうございました」

すぐに縋《すが》るような目で、奈々が男に礼を言う。

「事情はよくわからないけど、まあ、初日から部下と大げんかするなんて、あんたもなかなかのもんだな。さすが新人で大出世した伝説の女だけのことはある」

葛野と呼ばれた男が、美咲に顔を近づけてくる。

「ちょっと、近いです」

「おお、すまないな。老眼が進んで、近くに寄らないとあんたの綺麗《きれい》な顔が見えねえんだ」

老眼で見えないなら、綺麗かどうかもわからないだろう。だいたい、老眼は近くの方が見えにくいはずである。

まったく、いい加減な男だ。

「あの、息が臭いです。お酒、飲んでます？」

「ちょっと、二日酔いみたいでな」

「顔が赤いですけど」

「昨日、飲んでいたら、うっかり終電を逃しちまったんだ。仕方ねえから始発まで飲もうと思ったら、気がついたら出勤の時間だった」

それは二日酔いとは言わない。さっきまで飲んでいたということではないか。

「人事二課の葛野課長ですよね」

「桜木部長殿。今後とも、どうぞよろしくお願いします」

葛野が大袈裟《おおげさ》な身振りで頭をさげると、自分の席に戻っていった。

「なんなの、あれ」

美咲は憤慨する。一課長の大岡といい、二課長の葛野といい、初めからこれでは先が思いやられる。

「でも、葛野さんが助け船を出してくれたから、あれ以上、大岡課長と揉《も》めずにすんだんですよ」

「助け船？」

「大久保室長が大岡課長を捜しているって、あれ、たぶん嘘です」

「そうなの？」

「販売企画室の大久保室長は、石田社長の右腕みたいな方なんです。その大久保室長が千葉の営業部長をしていた頃、大岡課長は部下だったんです。それで今月から石田社長になったじゃないですか。社長交代が発表になって以来、すり寄るっていうか、大岡課長はちょくちょく大久保室長のところに行っているみたいです。葛野さんもそのあたりのことをわかっていて、大岡課長にあんなことを言ったんだと思います」

美咲は、葛野の人事ファイルを脳裏に呼び起こした。

葛野吉宗《よしむね》は人事二課の課長を、もう五年もやっている。しかも、それ以前は、北海道支社の支社長だ。

北海道支社長は役員の登竜門と言われていて、ここを二年経験した人は、ほとんどが役員になっていた。駿河会長も北海道支社長の経験者だ。

葛野だって、今頃は役員になっていてもおかしくない。それがなぜか人事二課の課長である。いくら本社勤務とはいえ、二段階の降格人事だ。

美咲は前任の堀田との引き継ぎで、その理由を尋ねてみたのだが、「まあ、いずれ本人が話す機会もあるでしょう」と、はぐらかされてしまった。

「それにしても、奈々ちゃんは社内事情に詳しいのね」

「父がいろいろと教えてくれるんです」

「そうか。奈々ちゃんのお父様は、代理店の社長だったものね」

八窪商会は老舗《しにせ》の販売代理店だ。八窪社長は関東《かんとう》代理店会の会長をしていたこともあったそうだから、ハピネス・ソリューションズ・ジャパンの裏情報にも精通しているのだろう。

奈々は若手男性社員をランキングして婚活ファイルを作るくらい好奇心は旺盛《おうせい》なので、社内の裏情報にも関心は高いのかもしれない。

堀田がどうして奈々を美咲のサポートにつけてくれたのか、少し理由がわかったような気がした。

「桜木部長に、もう一人紹介したい人がいます」

そう言って奈々が連れて行ってくれたのは、人事一課の末席に座っている若い男性社員の前だった。

「土方《ひじかた》さん、おはようございます」

美咲と奈々を見て、土方と呼ばれた男性が立ちあがる。

「土方です。桜木部長、よろしくお願いします」

「こちらこそ、よろしくお願いします」

美咲も挨拶《あいさつ》を返した。

「初日の朝から、大岡課長とやらかしてましたね」

「見ていましたか」

「そりゃ、あれだけ派手にやり合えば、人事部全員の注目の的になりますよ」

「やっぱり、そうですよね。お恥ずかしいです」

顔から火が出そうとは、こういう心境のことを言うのだろう。

「土方さんは、ケイキから来たんですよ」

奈々が目をキラキラさせて教えてくれた。

「ケイキって？」

「経営戦略本部経営企画室のことを、本社の人たちは通称ケイキって呼ぶんです」

そう説明しながらも、奈々の視線は美咲ではなく土方に釘付《くぎづ》けになっている。

経営戦略本部経営企画室といえば、ハピネス・ソリューションズ・ジャパンの経営の中枢である。社内のシンクタンクと言っていい。所属している社員の半数は東大出身であり、残りの半数は海外の有名大学を卒業している。

駿河会長の秘書の絢香も本籍はケイキであり、二年間の期間限定で秘書室に社内出向していたはずだ。

「僕も本日付で経営企画室から人事部に異動になったんで、ここでは桜木部長と同期みたいなものです」

土方が真っ白な歯を輝かせながら、サラサラの髪を指で掻《か》きあげる。

思い出した。

堀田から、美咲の他にもう一人、特別な人事異動があったと聞いていた。

土方俊彦《としひこ》は所属をケイキに残したまま、人事部に異動になっていた。まだ二十八歳ながら、エリート中のエリートである。

しかも、身長一八三センチのモデル並みの体形で、顔は韓流《はんりゅう》アイドル級のイケメンときている。先ほどから奈々など、発情期の牝猫《めすねこ》みたいにうっとりと潤んだ目をしていた。

「エリートさんなんですね」

失礼を承知ながら、本能的に予防線を張ってしまう。

こういう王子様タイプのイケメンは、正直言えばあまり得意ではない。

「エリートなんて言葉、久しぶりに聞いたなぁ。まあ、言われてみれば、たしかにエリートかもしれない」

急に言葉遣いがくだけたものになる。

たしかに部長で上司といっても美咲は新人であり、土方はケイキから来た年上の先輩社員だ。年次も上だし、経験においては比べるべくもない。

だからといって、初対面からわずか一分ほどで、もう敬語が取り払われているのは、いささか早急ではないだろうか。まだ、それほどの関係は築けていない。

「そこは否定しないんですね」

「まあね。でも、僕なんかより、新人でいきなり人事部長になった美咲さんのほうが、よっぽどエリートなんじゃないかな」

にっこりと微笑みかけてくる。

さりげなく、あたかも当然のように、「美咲さん」と名前で呼んできた。あまりにそつがないので、こちらから突っ込むタイミングを失ってしまった。

「わ、わたしはそんなんじゃないです」

「まあ、お互いにエリートの人事部同期配属ということで、仲良くやろうよ」

臆面《おくめん》もなく、自分のことをエリートと言い切った。

「仲良く……ですか」

一応、美咲は土方の上司のはずだ。

「僕は人事部では、一課にも二課にも属さないで仕事をすることになっているんだ」

「そんなこと、堀田さんからは引き継ぎしてもらってませんけど」

「あれ、おかしいな。でも、僕はケイキから、内示を受けて来ているよ」

「どんな内示ですか」

「特定の業務ではなく、人事の視点から会社全体の問題解決に取り組む担当だと聞いている。肩書きは、部長補佐だって」

「部長補佐って、どういうことでしょうか」

「まあ、なんていうか、美咲さんのパートナーってところかな」

「そんなの聞いていません」

「とりあえず、これからパートナーってことで、仲良く頼むよ」

土方が握手を求めて、手を差し延べてきた。柑橘《かんきつ》系のオーデコロンが匂う。

馴《な》れ馴《な》れしくファーストネームに握手ときた。

「そうですか。よろしくお願いします」

美咲は出された手には気づかないふりをして、さっさと踵《きびす》を返して歩きだした。

奈々が慌ててついてきて、部長席まで案内してくれる。

「奈々ちゃん。涎《よだれ》が出てるわよ」

「何を怒ってるんですか」

「ああいうイケメンを鼻にかけている男って、なんか苦手なのよね」

「いいなぁ。土方さんがパートナーだなんて」

奈々がうっとりしていた。

「そうかしら。ちょっと格好良くて、身長が高くて、仕事ができて、性格も穏やかで優し
そうだからって……、あれ？」

「もう、完璧《かんぺき》じゃないですか」

「とにかく、わたしはそういうことで仕事相手を評価したりしませんから」

美咲は鼻息荒く、きつく眉根《まゆね》を寄せる。

「でも、気をつけてくださいね。噂ですけど、土方さんは、石田社長の会食の席に呼ばれ
たりしているそうですよ」

奈々が声を落とす。

「石田社長の派閥なの？」

「それはわかりません。わたしはイケメンなら誰の派閥とかは、まったく関係ないんで」

「そうなのね」

美咲は駿河会長に大抜擢《だいばってき》されて人事部長になった。おそらく社員の誰もが、美咲は駿河会長となんらかの関係があると思っているだろう。

だが、実際には派閥などという話が出たことはない。それどころか、駿河と話をしたことさえ一度きりだ。

美咲自身、派閥だとか出世だとかというものには、まったく興味がなかった。

とにかく、土方とはあまり関わらないでおこうと思う。

ところが、それから一週間も経たないうちに、そうもいかない事態となるとは、このときは知る由もなかった。

初日から波乱の幕開けだった。

美咲は部長席に座ると、大きく溜息《ためいき》を吐いた。

5

社長室から見る東京の街並みは悪くない。

出勤してから、まずは窓から外を眺めるのが、石田の日常になりつつある。この景色を手に入れるために、血の滲《にじ》むような努力を積み重ねてきたのだ。

石田はブラインドをさげると、イタリアから取り寄せた本革のハイバックチェアに腰をおろした。

駿河が座っていた椅子には座りたくない。

石田が社長に就任して最初にやったことが、文字通り、社長の椅子を交換したことだった。

だが、まだやらねばならないことがある。

コーヒーを一口啜《すす》る。いつもより、苦い気がした。

「ところで、あの件はどうなってるんだ」

石田は不機嫌さを隠さず、もっていた磁器のコーヒーカップを無造作にソーサーの上に置いた。ガチャリッと大きな音が鳴る。

「あの件とは？」

カップの鳴る音に弾《はじ》かれたように、販売企画室長の大久保が背筋を伸ばした。

「それ、本気で言ってるのか！」

「す、すみません」

「わたしがあの件と言ったら、駿河がやっているプロジェクト・ゼロのことに決まってるだろうが！」

石田の怒声に、大久保が身体を凍りつかせる。

石田の社長就任から、すでに一ヵ月がすぎていた。

社長の椅子を駿河から奪ったまでは良かった。だが、当の駿河は代表取締役会長として、役員会では変わらず実権を握りつづけている。

役員の中には、駿河のことを「大御所様」と呼んでいる者もいた。

徳川家康《とくがわいえやす》が江戸幕府を開き、早々に将軍職を子の秀忠《ひでただ》に譲った後も、大御所様と呼ばれて政治の実権を握りつづけたことに引っかけているのだろう。

くしくも家康が秀忠に江戸城を引き渡して移り住んだ地が、現在の静岡県である駿河の国だったことから、誰かが思いついて言い出したようだ。

まったく、くだらない洒落《しゃれ》である。

さすがに石田の前で、駿河のことを大御所様と呼ぶような迂闊《うかつ》な者はいなかったが、こういう話は不思議とあちこちから耳に入ってくるものだ。

「パブリックサービス本部の滑りだしは順調のようです」

「大型の新規事業として、見込みどおりの将来性があるということだな」

「それは間違いないようです」

「大久保室長。それがどういうことかわかるかね」

「はい。石田社長の新政権にとって、将来が安泰であるということかと」

大久保が揉《も》み手《で》で卑屈な笑みをこぼした。

「おまえは、ばかか！」

「申しわけありません」

大久保がコメツキバッタのように、何度も頭をさげる。

「会社の業績が好調なのは、わたしにとって当然のことなんだよ。わたしが社長なのだからな。問題なのは、駿河のパブリックサービス本部にスポットライトが当たっていくってことだ」

「ごもっともでございます。しかしながら、複写機などの既存事業が先細りしていく中で、現状ではまだまだ小さな市場とはいえ、パブリックサービス本部が開拓していく新規事業は、当社のV字回復には欠かせないものかと思われますが……」

「そんなことはわかってるんだよ。駿河には、まだまだ働いてもらわねばならない。パブリックサービス本部には投資が先行しているんだから、これからしっかりと稼いでもらって、投資分を回収させてもらう。だがな、いつまでも駿河にでかい顔をしていてもらっても困るのだ。何が大御所様だ！」

「もちろんでございます」

「そうだろう。だったら、駿河の代表権を返上させる方法を考えろ。舟に船頭は二人もいらないんだ。ダブル代表は一年限りで、来年までには駿河に代表権を返上させろ。会長なんて、お飾りでいいんだよ」

大久保がハンカチを取り出し、額に滲んだ冷や汗を拭《ぬぐ》う。

「わかりました」

「それで、手は打ってるんだろうな」

「はい。いくつかおもしろい情報を耳にしています。その中の一つですが、例の人事部長の件です」

「人事部長？　ああ、駿河が何を血迷ったか、新入社員を人事部長に抜擢したことか」

石田が役員会で承諾したことだが、そんな些末《さまつ》なことは、すっかり忘れていた。

「福岡支社の人事考課の件で、ちょっとした騒ぎになるかもしれません」

「福岡の人事考課だと」

「そのように聞いています」

「そうか。福岡の支社長は、黒田《くろだ》だったな」

石田は、ニヤリと口角をあげる。

黒田は、頑固一徹で知られる名物支社長だ。

全社を二分している駿河派にも石田派にも属していない無派閥の中でも、一番の実力者として福岡という大型支社を五年以上も率いている。九州《きゅうしゅう》黒田帝国などと言う人もいるくらいで、本社の影響力が及びにくいことで有名だった。駿河か石田のどちらかに靡《なび》いていれば、すでに役員になっていただろう。

「サラリーマンは出世で地位も名誉も給料も決まる。出世を決める人事考課は、人生を決定づけると言っても過言ではない」

「その人事考課で、福岡支社と人事部が揉めることになるかもしれません」

「それはおもしろいな」

「しかも黒田支社長です。一筋縄でいく相手ではありません」

「駿河は何を企《たくら》んで新人なんぞを抜擢したかわからんが、黒田を相手に下手を打てば、就任早々に人事部長が更迭なんてことにもなりかねないだろう」

「駿河会長に、土を一つつけることができるかもしれません」

「だが、傍観しているだけでは能がないぞ」

「そこは抜かりありません。すでに人事部にもネズミを一匹、潜り込ませてあります」

「そうか。どうなるか、楽しみだな」

石田は再び立ちあがると、背後のブラインドを指で開き、窓の外の街並みに視線を送った。

6

「美咲さん。少し時間、いいかな?」

美咲は、ノートパソコンの画面から顔をあげた。

土方の満面の笑みが視界に飛び込んでくる。

相変わらず、土方は敬語を使う気はないらしい。

美咲は人事部の部長で、土方は部長補佐だ。組織の上では上司と部下になる。もっとも、土方の本籍は経営戦略本部経営企画室——いわゆるケイキにあって、人事部においては特別な存在といってもいい。実際に、あの大岡課長でさえ、土方には一目置いているようだ。

土方がキラキラとした笑顔を向けてくる。

真っ白な歯が眩《まぶ》しい。今日のオーデコロンはムスク系だ。この男は曜日によって香水の香りを替えるらしい。

「別に、大丈夫ですけど」

美咲がやっていた仕事は、事務的な承認作業ばかりだった。どうせ、否決はできないので、苦行のようにひたすら承認ボタンを押しつづけるだけだ。

一日の仕事の多くの時間が、稟議《りんぎ》や発信文書の承認に費やされる。しかし、これも管理職の大切な仕事だと言われれば、疎《おろそ》かにはできず、丁寧にすべての文書に目をとおしていた。

「会議室を予約してあるから、ちょっと来てくれないか」

促されて、土方の後についていく。

会議室に入ると、奈々が大型モニターの準備をしていた。

ドアを閉め、三人で席につく。

「おかしなデータを見つけたんだ」

前置きもなく、すぐに土方が切り出した。

「おかしなデータって、どういうことでしょうか」

「これを見てくれ」

土方が視線を投げて、奈々に合図を送る。が、奈々は土方の顔に見蕩《みと》れていた。

「奈々ちゃん。データを見せて」

美咲の声で、奈々が我に返る。どうやらイケメンは、組織の生産性を落とすマイナス要因になるらしい。むろん、これも美咲の偏見だ。

「あっ、ごめんなさい」

奈々が頰を赤らめながら、慌てて資料を映し出した。

「これは福岡支社の人事考課の一覧表だ」

土方が美咲に向かって資料を指し示す。

「業績とプロセスの指標があるから、営業職の人事考課ですね」

「そうだ。昨年度下期のデータだ」

「これの何がおかしいのでしょうか」

たくさん並んでいる数字を見ても、美咲には問題点がわからない。

「合わないんだ」

「何が合わないんですか」

「これだけじゃわからないと思うから、経理部からもらった営業の個人別の売上データと、この人事考課の業績結果を並べて比較した資料を、奈々ちゃんに作ってもらった」

土方から名前を「ちゃん付け」で呼ばれ、奈々は嬉《うれ》しそうにパソコンを操作して、モニターに映る資料を入れ替えた。

奈々の頰が蕩《とろ》けて落ちそうだ。が、今はそれを指摘している場合ではない。

「これ、数字が違う人がたくさんいますね」

美咲もすぐに違和感を覚えた。

人事考課は大きく分けて、業績とプロセスで評価をしている。業績は売上と粗利、プロセスは顧客訪問数、提案書提出数、重点顧客での案件発生数の目標達成率をポイント化していた。これで昇給昇格や賞与が評価されるのだ。

「さすが美咲さんは数字に強い。よく、気づいたな」

「だって、あまりにも大きく違いすぎています。誤差の範囲ではないですよね」

「そうだ」

土方が見たことがないほど、険しい表情をしている。

「何が起きているんですか」

土方の表情を見れば、美咲にも事の重大さが朧気《おぼろげ》ながらも感じられる。

「経理部からもらった売上データは、お客様への請求・回収業務に使用したものだから、一円たりとも間違いはない。もしも間違っていたら、お客様から問い合わせが来るか、入金そのものが未回収になるだろうからな」

「ということは、人事考課に使われている売上データが間違っているってことじゃないですか」

「残念ながら、それ以外には考えられない。しかも昨年度下期だけじゃなく、五年度分を遡《さかのぼ》ってみたが、すべて同じような状況になっていた」

土方の表情が、さらに強張《こわば》っていく。

「これって、意図的に数字をいじっているってことですよね」

「そうなるだろう」

「つまり、改竄《かいざん》ってことですよ」

「データの入力ミスでなければ、そういうことかもしれない」

「かもしれないって、それですまされるような問題じゃないですよね。営業たちの評価が、五年間にわたって書き替えられてきたんですよ」

会社において、評価は絶対に公平でなければならないと、美咲はこの一ヵ月あまりの人事の勉強で学んできた。

評価制度は会社の意志だ。経営理念を実現するために社員が昇る階段と言ってもいい。それが歪《ゆが》められていたとしたら、これは経営の根幹を揺るがす大きな問題になる。

「当社の評価は、支社ごとの相対評価なんだ」

「どういうことなんですか」

「評価には、絶対評価と相対評価がある。絶対評価は個人の成績を他人と比較せずに、個人目標に対する達成度をもとにして、個人ごとに評価する。一方の相対評価は個人の成績を他人と比較して、全体の中での順位で評価するんだ」

「つまり百点満点で七十点を取った人がいたとして、絶対評価なら七割の達成率の評価にしかならないけど、相対評価では他に誰も七十点を超える人がいなければ、一番高い評価がもらえるってことですね」

「ああ、そうだ。そのかわり相対評価で全員が七十一点以上なら、七十点のやつは最下位の評価になってしまう」

「絶対評価は自分の目標との比較で、相対評価は他人との比較ってことですよね」

美咲の言葉に、土方が大きくうなずいた。

「だから、今までは改竄があっても、問題にならなかったんだ」

「そういうことか！」

美咲にも、闇の深さがわかってきた。

「福岡支社の中で相対評価をしているから、数字を貸し借りして人事考課を調整しても、合計の数字が合ってさえいれば、会社としては問題にならなかったってことですね」

「賞与の原資だって、支社の業績に合わせて、支社単位で配分している。言ってみれば、それを支社がどのように社員に分配しようが、賞与の支払い額の総合計金額には一円も影響が出ないってことだ」

「だからって、支社がルールを曲げて、好き勝手をしていいことにはなりませんよ」

「もちろん、会社のルールに違反している」

「ルールだけの問題ではありませんよ。評価は昇給や昇格に直結しています。社員の人生を変えてしまうかもしれないじゃないですか」

「その可能性は否定できない」

「誰がこんなことをしているんですか」

美咲は両腕を胸の前で組んで、土方を睨《にら》みつける。

「営業の個人評価の最終考課者は支社長だ。福岡支社の人事考課も、すべて支社長が責任をもって承認している」

「支社長が鉛筆を舐《な》めて、数字を書き替えているってことですか」

「そういうことだ」

「つまり、組織ぐるみってことですね」

「そして福岡支社で数字が合わなくなりはじめたのは、黒田さんが支社長になった五年前からはじまっている」

「支社長みずからが指示しているってことじゃないですか」

「だから、これはアンタッチャブルなんだ。触れてはいけない事実なんだよ」

土方がゆっくりと首を左右に振った。

「前任の堀田部長もご存じだったってことですか。人事部も見て見ぬふりをしていた可能性があるんですね」

「さあな。そこまではわからない。だけど、こんなことをやっているのは、福岡支社だけじゃないかもしれないぜ」

「他にも同じことをしている支社があるって言うんですか」

「福岡支社の黒田支社長は、全社に影響力のある人だ。師事していた後輩も多い。真似をしている支社がないとは言い切れないだろう」

「こんなことが許されていいんですか」

美咲は土方に食ってかかる。

「僕に言われても困るよ」

「だって、こんなことがまかりとおるなら、会社の評価制度なんて意味がないじゃないですか」

「僕は部長補佐だ。情報の収集と分析はサポートするけど、判断をするのは部長の仕事だ。あとはどうするか、美咲さんが決めてくれ」

考えるまでもない。相手が誰であろうと、だめなものはだめだ。

「もちろん、こんなことは絶対に許すわけにはいきません」

「誰も手を触れなかった開かずの扉を開けるつもりか？」

「誰もやらなかったから、わたしがやるんです！」

「鼻息が荒いな」

「失礼ね。鼻の穴は大きくないです」

「いや、僕は鼻息が荒いって言っただけだよ」

「とにかく、黒田支社長に会って、話を聞いてきます」

「そうか。じゃあ、奈々ちゃんに黒田支社長のアポを取ってもらうといいよ」

「言われなくても、そうするつもりでした」

美咲は奈々に向きなおる。

「奈々ちゃん。黒田支社長に会いにいきますので、アポイントと飛行機の手配をお願いします」

美咲は、モニターに映るデータを睨みつけた。

翌日の朝十時頃。

「だめでした」

美咲のデスクの前に立った奈々が、言いにくそうにしている。

「なんの話？」

「福岡支社の黒田社長のアポなんですけど、取れませんでした」

「どういうこと？」

「今週は顧客対応で忙しいから会えないそうです」

「じゃあ、来週で取り直してください」

「それが、来週も会議つづきで忙しいから会えないそうです」

「まさか、再来週も？」

「予定はいっぱいだそうです」

奈々が申しわけなさそうに言った。

「わたしが会いに行くって、伝えてくれたんだよね」

「もちろん、伝えました。黒田支社長の秘書の方に、桜木人事部長が会いたいので時間をいただきたいって」

「そうしたら？」

「用件を確認されたので、黙っているわけにもいかないし、福岡支社の人事考課の件だって伝えました」

「なるほどね」

「その後、すぐに折り返し連絡があって、忙しくて会えないって言われました」

「わかりました。わたしが自分で電話をしてみます」

「すみません」

奈々が肩を落として、自席に戻って行った。

もちろん、奈々に落ち度はない。

もう少し優しい声をかけるべきだったと、美咲は心の中で詫《わ》びた。

美咲はパソコンを立ちあげると、社員に会社で支給している携帯電話の番号リストを画面に表示させる。こういうときに情報を自由に閲覧できるのは、人事部の強みだ。

黒田支社長に電話をかける。

〈はい。黒田です〉

低く渋い声が応答した。

支社長に電話をかけるのは、入社して初めての経験だ。かなり緊張する。

〈お疲れ様です。初めてお電話させていただきますが、人事部の桜木と申します〉

新入社員研修で習った電話応対を思い出しながら、できるだけ明るい調子の声で話すように心掛けた。

しばらく間があって、

〈人事部長がなんの用だ〉

黒田が不機嫌そうに答える。用件はわかっていて、とぼけているのだ。

〈福岡支社の人事考課の件で、少しお聞きしたいことがありまして〉

〈電話で話すようなことじゃないだろう〉

〈ですので、お伺いしたいので、お時間をいただけないでしょうか〉

〈俺のスケジュールは秘書に任せてある。秘書と調整してくれ〉

〈ですから、秘書の方に連絡したんですが――〉

電話は切れていた。

「どうだった？」

いつの間にか部長のデスクの横に、土方が立っていた。

「見てたのなら、わかりますよね」

「門前払いってやつだな」

まったくその通りだったが、少しくらいはオブラートに包んだ言い方をしてくれても良いのにと思う。

「部長補佐なら、何か知恵を貸してください」

「無理だな」

あっさりと言われた。

「アポイントが取れないのでは、事実を確かめようがありません」

「黒田支社長のほうに、会いたくない理由、いや、どうしても会えない理由があるということはこれで間違いない。むしろ、グレーが黒になったってわけだ」

「それも真っ黒ですよ」

「そうだな」

「何を呑気《のんき》なことを言ってるんですか。これからどうするつもりですか」

美咲は上目遣いで土方を見あげる。

「前にも言ったと思うけど、僕の仕事は部長補佐だ。どうするか決めるのは、美咲さんの仕事だよ」

それだけ言うと、土方は自分の席に戻ってしまった。


美咲は、あれから毎日、黒田支社長にメールを送っている。

もう二週間になる。送ったメールは十通になったが、返信は一度もない。

その間、いろいろな人たちに、黒田について、それとなく聞いてみた。

悪い噂は一つもなかった。それどころか、仕事の実績、仕事への向き合い方、人間関係や人柄など、誰に聞いても黒田のことを手放しで賞賛していた。

黒田という男の姿が、だんだんはっきりと見えてくる。

頑固一徹で仕事に対する姿勢はとても厳しい。妥協を許さない昭和の親父タイプのようだ。それなのに聞こえてくる話は、部下思いで面倒見が良いとか、懐が深いとか、人情味に溢《あふ》れたエピソードがいくらでも出てくる。

なんだ、良いオヤジじゃん。

美咲でさえ、こういう人が上司だったら、さぞや仕事にもやりがいをもてるだろうと思う。

だが、福岡支社の人事考課が改竄《かいざん》されていることは間違いない。しかも五年間もつづけられていた。そんなことを指示できる立場にある人物は、支社長である黒田しかいなかった。

いけないものは、いけないんだ。

美咲は部長の席で、髪が乱れるのもかまわずに両手で頭を抱えた。

「どうした？　就任して二ヵ月もしないうちに、もう壁にぶち当たってるのか」

声をかけられて、美咲は顔をあげる。

「葛野さん」

人事二課の課長の葛野吉宗が立っていた。

人事部は毎週月曜日の午前中に、部門会議を行っていた。

メンバーは部長である美咲と、一課の大岡課長、二課の葛野課長、部長補佐の土方、そして議事録担当として奈々の五人だ。

議題によっては、それぞれの課の担当者が加わることがあったが、だいたいは五人で会議をやっている。

　当然といえば当然なのだが、大岡は美咲に徹底抗戦をしてきた。必要最低限の報告や情報共有はしてくれるのだが、それ以外はまったく口も利かないし、目も合わせない。自分に不利になりそうなことは報告さえしないし、ましてや人事部の仕事の理解がまだ浅い美咲が困っていたとしても、なんの手助けもしてくれなかった。

　もはや嫌がらせというか、完全にモラルハラスメントだったが、美咲のほうでも関係改善の糸口がつかめず、頭を痛めていた。

　大岡との出会いは最悪だったし、性格的には絶対に認めたくないタイプだ。もっとも、それは相手もお互い様だろう。

　個人的には親しくはなりたくないが、少なくとも仕事に差し支えのない関係は築きたい。それで美咲から声をかけて歩み寄ってはいるのだが、大岡にはまったくその気がないようで、会議でのやり取りも最悪の状態がつづいていた。

　そんな会議の席で、さりげなく美咲を助けてくれているのが葛野だ。

　美咲が、大岡の報告の意味が理解できないでいると、自分はわかっているのに、あえて質問をしてくれたりする。

　美咲は心の中で、何度、葛野に手を合わせたかしれない。

　もっとも、葛野の職務姿勢や勤務態度は、はっきり言ってめちゃくちゃだ。

初めて会ったときもそうだったが、だいたいいつも二日酔いか、ひどいときには朝でもまだ酔っている。

不精髭《ひげ》に、ヨレヨレのワイシャツ姿。

午後は課長席に座ったまま、孫の手でボリボリと背中を掻《か》いていたかと思うと、気がつけば目を閉じてコックリコックリと舟を漕《こ》いでいた。

就業時間が終わる五時三十分ちょうどには、毎日必ずパソコンの電源を落として定時退社している。たしかに人事二課が残業削減の推進を担っている。葛野に言わせれば、「まずは自分で実践して手本を見せることが大切」なのだそうだ。

これで北海道支社長をしていたというのが信じられない。

「どうした？　幽霊でも見たような驚いた顔をして」

「幽霊より驚いています。だって、五時半を五分もすぎているのに、まだ葛野さんが会社にいるんですから」

「そりゃ、俺だって、仕事があれば会社に残ることはあるさ」

「葛野さんが残業ですか」

幽霊よりも、よっぽどレアなものを見た気がする。

「それよりも、申請書をあげてあるから、今日中に承認しておいてくれないか」

葛野がそう言いながら、美咲のパソコンの画面を指差した。

ポップアップがあがっているので、すぐクリックする。勤怠管理アプリの画面に飛んで、表示されたのは葛野から申請された明日の有給休暇願だった。

「これが葛野さんの残業ですか」

「申請書を書いていたんだ。立派な仕事じゃないか」

「葛野さん、先月もこの時期に有給を取ってましたよね」

「有給を率先して消化するのも、人事二課長の大切な仕事なんでね」

「何か、ご予定でもあるんですか」

美咲は、承認ボタンを押しながら、何気なく尋ねた。

「これは桜木人事部長ともあろう方が、部下に対してパワハラですか」

「わたしは何もそんな……」

「ご存じだとは思いますが、労働基準法では、有給休暇は労働者の権利として認められています。原則として労働者は、理由の如何《いかん》を問わず、有給休暇を取得できる。さらに、法的には労働者が上司に有給休暇の取得理由を説明する義務もない」

「も、もちろんわかってますよ。上司として訊《き》いたんじゃなくて、同僚として、どちらに行かれるのかなぁって、興味をもっただけです」

「わかってる。冗談だよ。そんなに眉間《みけん》に皺《しわ》を寄せてたら、せっかくの美人が台無しだぞ」

「えっ？　わたし、美人ですか」

「それも冗談だよ」

「はあ？」

一瞬でも、喜んでしまった自分の愚かさが恥ずかしい。

人事部の管理職は、どうしてこんなおかしな連中ばかりがそろっているのだ。

「ちょっと旅をしてくるだけだ」

明日は水曜日だ。旅行のために有給休暇を取るのなら、金曜日か月曜日に取得して連休にすれば日帰りしなくてすむのにと思うが、口に出すとまた何かを言われそうなので、それは胸に納めておく。

「素敵なご旅行になるといいですね」

「素敵なご旅行か……」

「お土産は気にしないでください」

美咲は冗談で言ったつもりだが、葛野は少し考え込んでいた。

「黒田とは、同期なんだ」

「えっ？」

「同じ営業部にいたこともあって、その頃はよく飲みに行っていたものだ」

「黒田支社長のこと、よくご存じなんですか」

美咲は、席を蹴《け》るようにして立ちあがる。実際に大きな音を立てて、椅子が後ろに引っ繰り返った。

「たしか、父親が郵便局員だって言ってたな。雨の日も風の日も手紙を配達して、黒田を大学まで出してくれたそうだ」

「お父様が郵便局員ですか」

美咲は問い返したが、

「おっと、残業になっちまう。じゃあな。お疲れ様」

すでに葛野の後ろ姿は遠ざかりはじめていた。


一週間後の朝。

「黒田支社長のアポイントが取れました。明後日《あさって》の十六時から一時間をいただきました」

美咲は、パソコンに向かっている土方に声をかけた。

「正直に言えば、絶対にアポは取れないと思っていたんだけどね。どんな魔法を使ったんだ？」

「仕事に必要なのは魔法ではなく、真心です」

「ふーん、真心ねぇ」

土方が目を細めるようにして、美咲を凝視してくる。

「なんですか。その疑わしげな目は」

「いや。さすがは人事部長だと、これでも感心しているんだ」

「とにかく、黒田支社長に会いにいきますよ。一緒に出張していただけますよね」

「もちろん、ご一緒しますよ。僕は部長補佐だからね。だいたい、美咲さんは飛行機に乗ったことがあるの？」

「そんな、飛行機ぐらい……」

「なさそうだよね」

「ありません」

美咲は仕方なく、素直に認める。

「一度も飛行機に乗ったことがないんだ。学生時代に卒業旅行で乗ったりはしなかったの？」

「卒業旅行は、一泊二日でディズニーランドとディズニーシーでした」

「中学生かよ」

土方が噴きだした。

「飛行機に乗ったことがないからって、なんだって言うんですか。別にチケットを買えばいいんですよね。ちょっと空を飛ぶくらいで、どうせ電車と同じでしょ」

「飛行機は電車と違って、乗るときに靴を脱いで入るんだぜ。機内は土禁なんだ」

「嘘ですよね」

「靴を脱いで機内にあがったときに、ストッキングが伝線していると恥ずかしいから、新品を穿《は》いていったほうがいいよ」

「絶対に、わたしのことをばかにしてる」

美咲は土方を睨《にら》みつける。

「僕はケイキ時代に、毎週のように福岡出張をしていたから、博多《はかた》の案内は任せてくれ。宿泊するホテルは、いつものところを手配してもらうように奈々ちゃんに伝えておくから」

「泊まりの出張ですか」

「たしかに福岡空港は、博多まで地下鉄で二駅だからな。日帰り出張はしやすいかもしれないけど、アポの指定が十六時だろう」

「はい。黒田支社長からの指定です」

「交渉がうまくいけば、手打ちの盃《さかずき》を交わすことになるかもしれないぞ。敵地に乗り込む以上は、泊まりになる覚悟で行くのが、本社の流儀ってものだ」

「なんですか、それ」

「出張申請は僕と奈々ちゃんで書いておくから、後で承認だけ、よろしく」

「わかりました。とにかく明後日ですから、よろしくお願いします」

　美咲は、土方の席を後にした。


　福岡支社の支社長室で、美咲は、黒田支社長と対峙《たいじ》していた。

　美咲の隣には部長補佐の土方が、黒田の隣には福岡支社営業部の加藤《かとう》部長が座っている。

　美咲は上目遣いで黒田の表情をうかがう。

　プロレスラーのような体格でストライプの入ったダブルのスーツを着た黒田は、ＩＴ企業の管理職というより、控えめに言ってもヤクザの親分にしか見えなかった。

「今日はお時間をいただきまして、ありがとうございます。また、先月も全社を牽引《けんいん》する業績をあげていただき、重ねて御礼申しあげます」

応接セットの長椅子に座るやいなや、美咲は深々と頭をさげて挨拶《あいさつ》する。

土方は無表情で、会釈をしただけだ。

「桜木さん。全社で噂の人事部長と聞いていたから、もうちょっと気の利いた事を言うのかと思ったら、若い年齢には似つかわしくない硬っ苦しい挨拶だな」

「すみません」

「どうせ、隣のケイキの兄ちゃんにでも教わったんだろう」

「べ、別にそういうわけでは……」

図星だった。出張も支社長クラスの現場の管理職と面談するのも初めての美咲は、福岡までの飛行機の中で、土方に挨拶の口上を習っていた。

チラリと横に視線を這《は》わせたが、土方は何食わぬ顔でテーブルに置いたモバイルパソコンのキーボードを叩《たた》いている。黒田がいなければ、足を踏んづけてやりたいところだ。

「型どおりのことはいらん。単刀直入に本題に入ってくれ」

お茶も出ない。歓迎されていないことは来る前からわかっていたことだ。

「では、言わせていただきます。福岡支社では、営業職の人事考課について、売上と粗利の業績結果を改竄《かいざん》していますね」

ミスではなく故意に改竄したと、遠慮も忖度《そんたく》もなく指摘する。

だが、黒田の表情は変わらなかった。

「たしかに型どおりのことはいらんと言ったのは俺だが、まさか支社長を相手に、本当に単刀直入に言うんだな。若い奴は怖いもの知らずだ」

「すみません」

嫌な汗が、ブラウスの中の背中を流れる。

席に座ってからまだ五分も経っていないが、すでに二度も「すみません」と口にしていた。黒田の迫力に手が震える。できることなら、このまま帰りたいくらいだ。

でも、だめなものはだめなのだ。

それだけは言わなければいけない。

「駿河さんが人事部長に据えた人事だ。あんたには、おそらくそれだけのものがあるのだろう。あんたのことは何もわからないが、少なくとも駿河さんのやることは信じられる。そのあんたから、先週、手紙が届いた」

黒田がスーツの胸元に手を差し入れると、内ポケットから封筒を取り出した。中から便箋《びんせん》を引き抜き、テーブルの上に並べて置いた。美咲が黒田宛てに書いた手紙だ。

隣で土方が、少し驚いたような顔をしていた。

「わたしの手紙を読んでくださったんですね」

美咲は、まっすぐに黒田の目を見据える。

「本社の連中は、どんな大事な連絡をしてくるときでもメールばかりだ。たまに気の利いた奴でも、電話をかけてくるくらいのものだ。社内の人間で手紙を送ってきたのは、入社以来、あんたが二人目だよ。しかも、プリンターで印刷したものではない。筆ペンで書いた手書きの手紙だ」

「どうしても、黒田支社長にお会いして、わたしの思いをお伝えしたかったんです。わたしの思いを届けるのは、手紙しかないと考えました」

アポが取れないので、手紙を書いたのだ。

「桜木さん。あんた、若いのに気持ちの良いことを言うなぁ。実は、俺の親父は郵便局で働いていたんだ。真夏の猛暑の日も雪が降る冬の日も、手紙を配達するのが仕事だった。親父が何万、何十万の手紙を配達してくれて、俺や妹を大学まで出してくれた。親父の指は、いつだって消印や宛名《あてな》書きのインクで汚れていたよ。だから、俺は手紙を書く奴のことは信じる」

黒田が目元を和らげる。初めて見せた優しげな表情だ。

「今日は会ってくださって、本当にありがとうございます」

「あんた、綺麗《きれい》な字を書くんだな」

「小学生の頃に、親がお習字の習い事に通わせてくれたおかげです」

「そうか。良い親御さんだな」

「はい。本当に素敵な母でした」

そう言った美咲の言葉に、黒田が表情を動かす。

「失礼だが、ご存命ではないのか？」

「わたしが高校生のときに、母は交通事故で亡くなりました。入学式からの帰り道のことです」

「それは申しわけないことを訊《き》いてしまったな」

「大丈夫です。母は暴走するトラックから、わたしを庇《かば》って亡くなりました。いつだって、自分のことより、まわりの他人のためを思っている人でした。自慢の母でした。わたしの人生は、母にもらったものだと思っています。だから、困っている人や苦しんでいる人がいたら、絶対に逃げたくないんです」

美咲はそこまで一気に言葉にすると、ゆっくりと深呼吸した。

まだ、鼓動が高鳴ったままだ。心臓が喉《のど》から飛び出してしまいそうだ。支社長を前にして、自分でもよくぞ言い切ったものだと思う。

「なるほど、駿河さんがあんたを抜擢《ばってき》した理由が、少しわかったような気がする」

黒田が小さくうなずいた。

「黒田支社長。評価制度は、会社の意志です。企業理念を社員に共有するために、社員の行動の道標《みちしるべ》となるのが評価なんです。だから、評価制度は公平である必要があります。誰かの意思で歪《ゆが》められてはいけないと思います」

「道標か……」

「だから、社長であろうと支社長であろうと、人事考課に手心や個人的判断を加えることは、絶対にしてはいけないんです」

最後の言葉は、あえて言い切った。

黒田が目を閉じ、それからゆっくりと開く。

「桜木さん。正義とは一つだと思うか」

まっすぐに美咲を見て、問いかけてきた。

「正義って、すべての人にとって平等である考え方なのではないでしょうか。だとしたら、正義は一つだと思います」

「俺はそうは思わない。正義とは、人の数だけ存在するんじゃないだろうか。桜木さんにとっての正義があるように、俺にとっても正義はある」

「難しいことはよくわかりません」

「なら、はっきり言おう。本社の正義と福岡支社の正義は同じではないということだ」

「待ってください。それでは会社のルールが成り立ちません」

美咲の訴えに、黒田が大きく首を左右に振る。

「桜木さんは東京の人か」

「はい。東京生まれの東京育ちです」

「ここにいる加藤部長の家には、介護が必要な高齢のご両親がいる。ここでは東京のように、簡単に病院や施設を見つけることはできないんだ。介護には高額の金がかかる。北九州営業所の鍋島《なべしま》係長のところは、三人目の子供が生まれた。子育ては金がかかる。ボーナスは色をつけてやらなくちゃいけない。久留米《くるめ》営業所の細川《ほそかわ》君は、年末に結婚するそうだ。所帯を持つんだから、そろそろ主任に昇格させてやりたい。地方は東京と違って、小さな社会だ。お互いに、それぞれの暮らしの状況を知っているんだ。みんなが助け合い、支え合って暮らしている。社員にとって、評価は人生なんだ。ここには、ここのやり方がある。どうか、本社のルールを押しつけないでほしい」

黒田が両膝《りょうひざ》に手を置き、美咲に向かって頭をさげた。

「おっしゃることは、よくわかります」

「そうか。わかってくれるか」

「でも、それ、却下です！」

「なんだと」

美咲は背筋を伸ばす。

「当社の評価制度は、支社ごとの相対評価です。A評価もB評価もC評価も、それぞれ人数の比率が支社内で決まっています。加藤部長や鍋島係長や細川さんに、本来よりも水増しした評価ポイントをつけるということは、その分のポイントを他の誰かから奪うということになります。黒田支社長は、評価は人生だとおっしゃいました。わたしもそう思います。誰かが幸せになるはずだった人生を、黒田支社長の判断で他人に付け替えていいはずがありません。黒田支社長が本当に社員の幸せを願うのなら、できなかった人の業績を改窺するのではなく、できなかった人をサポートして、本物の業績をあげられるように成長させるべきなんじゃないでしょうか」

黒田の隣に座っていた加藤が、

「こげん小娘が！　支社長に偉そうな口ばきくんやなか！」

立ちあがって叫んだ。

「怒鳴ったってだめです。わたし、負けませんから」

「なんばい！」

加藤がつかみかからんばかりに吠《ほ》える。

「加藤。座れ」

「しかし、支社長——」

「いいから、座れ！」

黒田に言われて、加藤がしぶしぶ座った。

「桜木さん。驚かせてすまなかったな」

「いえ。ぜんぜん大丈夫です」

本当は腰が抜けそうなほど、びびっていた。

生で聞く博多弁は、想像以上に迫力がある。

「あんた、若いだけのお嬢さんだと思ったが、ずいぶん気が強いんだな」

「生意気なことを申しあげて、すみませんでした」

言いすぎた。

美咲は素直に詫《わ》びた。

黒田が両腕を組む。やがて、静かに口を開いた。

「いや。あんたの言っていることは、筋がとおっている。何も間違ったことは言っておらん」

「それでは――」

「だからと言って、はいそうですか、というわけにはいかん。俺は支社長として、福岡支社の社員たちの暮らしを守っていく責任がある」

「だからこそ――」

「まあ、待て……」

黒田が右手を顔の前に掲げ、美咲の言葉を遮る。

「……俺のやり方は、もう古いのかもしれんな」

「支社長」

加藤が声をかけた。

「時代は変わり、市場も変わっていく。会社だって、それに合わせて変わっていかねばならない。そのためには、こういう若い人たちの思いや力が必要なんだろう。桜木さん、あんたも手ぶらで東京へは帰れんだろう」

「別に、そういうわけではないんですが」

「残念ながら上期はもうすぐ終わる。今から大きくやり方を変えることは間に合わない。上期だけは目を瞑《つぶ》ってくれ」

黒田が頭をさげた。それを見て、加藤も倣う。

「ということは」

「十月からの下期は、個人業績に手を加えることは一切しない。福岡支社の評価のやり方を変えることは、俺の口から支社の社員に説明して、しっかりと個別に対策を取るようにしていく」

「本当ですか！」

「ああ、約束する」

「ありがとうございます」

「あんたには、ばりびっくりさせられたばい」

「あれ、黒田支社長は東京のご出身では？」

「思わず博多弁が出てしまうくらい、あんたには度肝を抜かれたってことだ」

「すみませんでした」

美咲は恐縮して首を竦《すく》める。

「よし、手打ちだ。これから四人で飯を食いに行くぞ」

黒田が笑顔で立ちあがった。

美咲は黒田に連れられて、中洲にあるイカの活け造りの店に来ていた。

「桜木さんは博多が初めてか」

「はい。そうです」

「東京から博多に初めて来たというお客さんは、いつもこの店に案内するようにしている」

「社員なのに、すみません」

「今夜は特別だ」

黒田が豪快に笑う。やはり、ヤクザの親分にしか見えない。

「大きな生《い》け簀《す》がありますね」

「釣りたてで活きの良いヤリイカが泳いでいる。呼子《よぶこ》イカの活け造りは、本来は佐賀の呼子町の郷土料理なんだが、この店は生け簀でイカを泳がせて、新鮮な活け造りを食べさせてくれるんだ」

「わたし、イカは大好きです」

生ビールで四人で乾杯をしてから間もなく、大きな皿に盛られたイカの活け造りが届いた。身は切られているのに、まだ下足《げそ》は動いている。新鮮な証拠だ。

「桜木さん。遠慮せずに食べてくれ」

「それではお言葉に甘えまして」

美咲が箸《はし》で一切れの切り身を摘まもうとすると、

「そうじゃない。もっと一気にまとめて取るんだ」

黒田に叱られてしまう。

「本当にいいんですか。本当にたくさん食べちゃいますからね。後で怒らないでくださいよ」

美咲は四切れをまとめて摘まむと、生姜醤油《しょうがじょうゆ》につけて、そのまま口に放り込んだ。

「コリコリして、とっても美味《おい》しいです」

口中いっぱいにイカの甘みが溢《あふ》れだす。

「色が変わらないうちに、どんどん食べるぞ。さっさと食べるのが呼子流だ」

四人で箸をつけ、瞬く間に身を食べてしまった。

「こんなに美味しいイカの刺身は生まれてはじめてです」

「当たり前たい。九州のイカは日本一ばい」

加藤が自慢げにうなずいてから、つづけて店員に声をかける。

店員が皿をさげようとした。

「あっ、だめ！　まだ下足が残ってます」

美咲が声をあげると、

「いいから、いいから」

黒田が笑顔で皿を店員にわたす。

「塩焼き、イカワタの醤油焼き、天ぷらができます。どうされますか」

店員が黒田に尋ねた。

「そうだな。今夜の主役は酒が強そうなお嬢さんだから、イカワタの醤油焼きにしてもらおう」

「承知しました」

店員が、まだ動いている下足が載ったままの皿をさげていった。

辛子レンコンや胡麻《ごま》サバを肴《さかな》に芋焼酎《いもじようちゆう》のロックを飲んでいると、先ほどさげられた下足が、イカワタの醤油焼きになって戻ってきた。

「これが呼子流なんですね」

美咲は酔いで少し怪しくなった呂律《ろれつ》で、みんなに微笑みかける。

「桜木さん。なかなかよか飲みっぷりばい」

それを見た黒田が、和やかに目を細めた。

第三章　お金より大切なもの

1

肉厚の鴨《かも》と深谷葱《ふかやねぎ》が、しっかりと焼いた厚みのある鉄鍋《てつなべ》に敷き詰められ、ジュージューと音を立てている。月島《つきしま》にある蕎麦屋《そばや》だが、この店は鴨すきが評判だった。

「鴨が焼ける音だけで、冷酒が二合は飲めますね」

絢香は、うっとりと鴨すきを見つめた。

鴨肉の差しから、たっぷりの脂が滲《し》みだし、焦げた葱に絡みついている。

「築山。もうそろそろいけるぞ。たっぷりの大根おろしにかんずりを入れて薬味にするんだ」

秘書室長の西川は、絢香の上司であり、冷酒好きな飲み仲間でもある。

「このかんずりってなんですか」

絢香はすでに取り皿に、たっぷりと大根おろしとかんずりをよそっていた。雪白の大根おろしと朱色のかんずりのコントラストが食欲をそそる。

「かんずりは、唐辛子と糀《こうじ》、柚子《ゆず》、食塩を合わせて熟成発酵させた越後の調味料だ。大根おろしと一緒にすることで、鴨肉の旨みや深谷葱の甘みを一層引き立ててくれるぞ」

「ほんと、美味しい」

「おいっ。もう食べてるのか」

「ちゃんと西川さんの話も聞いてましたよ」

絢香は鴨肉の脂でテラテラと光った唇に、江戸切子のぐい飲みを運んでいく。今夜は新潟の久保田《くぼた》の純米酒を飲んでいた。

「人事部の美咲さんから、駿河会長宛てに報告があがってきました」

絢香は西川に顔を寄せると、少し声を落として話しはじめる。

「げんさん宛てに報告書？」

西川が、絢香の空いたぐい飲みに冷酒を注いでくれた。

「もちろん、非公式のものです」

「なんの件だったんだ？」

「黒田さんのところの人事考課の件です」

「おいおい。あれは役員会でも触れちゃいけない案件だろう。黒田さんは社内にもシンパが多いんだから、臍《へそ》を曲げられたら厄介なことになるぞ」

西川が難しい顔をして、ぐい飲みの冷酒を飲み干す。今度は絢香が、西川の空いたぐい飲みに徳利《とっくり》の酒を注いだ。

絢香は悪戯っ子を見つけた学級委員長の気分で、美咲の顔を思い出してにやける。

「人事部長になって最初の仕事が福岡支社の案件か。いきなり全力疾走だな」

「遠慮とか慣らし運転とか、美咲さんには常識が当てはまらないみたいですよ」

「そうは言ったって、あれはげんさんでさえ、どうにも説得できなかったやつだろう」

「駿河会長も、社長時代に最後にやり残した仕事だっておっしゃっていました」

「社長を退任される直前は、よく福岡に出張していたからな。たしか、新橋の地酒飲み放題の店で桜木美咲を見かけたときも、げんさんは黒田さんに会いに行っていたんじゃなかったか」

「そうです」

これもめぐり合わせというものかもしれない。

「それで、報告書になんて書いてあったんだ？」

「聞きたいですか」

「おまえ、そこまで言っておいて、それはないだろう」

「じゃあ、久保田をもう二合、おかわりしていいですか」

「ああ、何本でも好きなだけ頼めよ」

絢香は店員に声をかけると、冷酒の徳利を追加した。

「来期から、福岡支社も評価制度を遵守するそうです。さっそく、支社の全社員を集めて、黒田支社長みずからが説明会を実施したみたいですよ」

「黒田さんが折れたのか」

西川が、信じられないというように首を左右に振る。

「折れたというより、賢明な黒田さんのことですから、そろそろ時代の変化を受け入れなくちゃいけないって、薄々はわかっていたんじゃないですか」

「黒田さんも、きっかけがほしかったってことか」

駿河などの同世代の役員による説得では、決断できなかったのかもしれない。

「そこへ若い美咲さんが飛び込んだ」

「なるほどね」

西川がうなずいた。運を引き寄せるのも、実力の内だ。

「でも、案外と桜木美咲に惚《ほ》れたのかもしれないですよ」

「あの頑固一徹な黒田さんが？」

「だから、ですよ」

絢香はぐい飲みを持ちあげ、照明の明かりにかざす。切子のガラスがプリズムのような効果を生み、光が屈折して虹色《にじいろ》に輝いて見えた。

なんだか、ワクワクする。

「そうかもしれんな。げんさんや他の役員ではお互いに立場もあるから、黒田さんを遠まわしに懐柔するしかなかった。桜木は遠慮も忖度《そんたく》も関係なく、ど真ん中に直球勝負で投げ込むからな」

「それも、けっこうな剛速球です」

通勤快速の中で若い母親のために立ち向かったり、居酒屋で老人たちとやり合っていたりしたときの美咲の姿が、絢香の脳裏に蘇《よみがえ》る。

「黒田さんも、あの桜木が相手じゃ、けっこうタジタジだったんじゃないか」

「どうですかね。さすがにタジタジとまではいかなくても、あの勢いには驚かれたんじゃないですか」

美咲と黒田が対峙《たいじ》しているところを想像するだけでもおもしろい。

「そうかもな」

「本当に惚れたとしても、おかしくはないと思います」

「会社の未来のためにも、若い桜木を育てていくべきだと、黒田さんなら考えたかもしれない」

「はい。だって、桜木美咲は新しい風ですから」

絢香と西川は、ぐい飲みをぶつけて乾杯をした。

2

夕暮れ時の社長室。

石田は、大久保からの報告を受けていた。

次第に不機嫌になっていくのを抑えられない。

「どういうことなんだ」

「それが皆目見当もつきません」

大久保が額に冷や汗を滲《にじ》ませながら、神妙な顔をした。

「駿河の説得にも応じなかった黒田が、なんで新米の人事部長の言いなりになるんだ」

「言いなりというわけではないと思いますが……」

「だって、おかしいじゃないか。福岡で独立国のように本社に逆らってきた黒田が、入社して間もない新人の言うことを聞いたってことだろう。そんなばかな話があるか」

「はい。おかしな話です」

大久保が恐縮している。

この男はいつもそうだ。申しわけなさそうな態度を取れば、なんでも許されると思っている。

石田は営業本部長の時代に、大久保を営業本部のナンバー2である販売企画室長に登用した。社長になった今、側近と言える部下は他にもいる。そろそろこの男の役目は終わりなのかもしれない。

「うどんは好きか」

石田は問いかけた。

「それは、もう。好きでございます」

「香川の生駒《いこま》支社長が、今年いっぱいで停年らしいな」

「お、お待ちください。わたしは石田社長のお側でお仕えしたいと思っております」

大久保の顔が蒼白《そうはく》に歪《ゆが》んでいる。

「そう思うなら、少しは俺の役に立つ仕事をしてみろ。我が社の人材は豊富だ。他にいくらでも代わりはいるぞ」

「わかりました。肝に銘じます」

そう言った大久保の唇は震えていた。

「で、他に駿河にケチをつけられるような話はないのか」

石田の言葉に、大久保が息を吹き返したように目を輝かせる。

「栃木支社で騒ぎが起こっているようです」

「栃木のどこだ？」

「さくら営業所です」

「たしか、昨年度のCグループ営業所で全国一位になったところだな」

石田は元は営業本部長だ。毎年の年間表彰式では、優秀な営業マネージャーや営業パーソンを表彰してきた。

全国に拠点があるハピネス・ソリューションズ・ジャパンでは、地域性を考慮して、営業所を三つのグループに分けて競争させてきた。

東京二十三区や大阪市、名古屋《なごや》市などの全国規模の企業の本社が集中している地域の営業所をAグループとして、さいたま市や横浜《よこはま》市、神戸《こうべ》市、博多市などの企業密集地域の営業所をBグループに、それ以外の地域の営業所をCグループと規程し、予算編成や人員配置を行っている。

栃木県さくら市にあるさくら営業所はCグループの中では、トップクラスの業績をあげつづけてきたことで有名だった。

「そのさくら営業所で、営業所員たちが所長に反旗を翻しているらしいです」

「ほほう。それはおもしろいな」

石田は片手を顎《あご》のあたりにもっていき、軽く撫《な》でるような仕草をする。指先で顎先から頬にかけて、ゆっくりと触れた。思案しているときの、石田の癖だ。

「数名が同時に退職願を出したとの情報もあります」

「人事部に潜り込ませているネズミの報告か」

「はい。今度は現場の営業たちが相手です。福岡支社ではうまく事を収めたかもしれませんが、栃木支社ではだいぶ手こずることになると思います」

大久保が薄笑いを浮かべる。

「人事部長のお手並み拝見というところか。さくら営業所の業績に影響するようなことになれば、即刻、人事部長に責任を取ってもらうことになる」

石田は死刑宣告をする裁判官のように、淡々と言い放った。

3

美咲は、部長補佐の土方と一緒に、宇都宮《うつのみや》駅におり立った。

東京駅から新幹線で五十分程度。本社からだと出張扱いにもならない距離だ。

「栃木支社は出張手当が出ないから、あんまり気合いが入らないなぁ」

土方が人事部とも思えぬ、不謹慎極まりない発言をしている。

美咲は聞こえないふりをして、

「お昼は、どこで食べましょうか」

左手首のアップルウォッチに視線を落とした。

時刻は十一時半だ。真田《さなだ》支社長とのアポイントは十三時なので、少し余裕がある。栃木支社までは、宇都宮駅からタクシーで十五分くらいなので、ランチの時間は取れそうだった。

「美咲さんは、宇都宮は初めてなの？」

「日光《にっこう》は小学校の修学旅行で来たことがありますけど、宇都宮は初めてです。それで、事前にリサーチしてきたんですよ」

「なんだ？」

「会長秘書の簗山さんのお父様の実家が宇都宮だって聞いたので、お薦めの店を教えてもらいました」

美咲はスマホを取り出して、絢香からのメールを開く。

「へえ、あの人って宇都宮に詳《くわ》しかったんだ」

「宇都宮と言えば、やっぱり餃子《ギョーザ》ですよね。宇都宮市は餃子の消費量が、浜松《はままつ》市と宮崎市に次いで、全国第三位らしいですよ」

「美咲さん。まさか真田文社長との打ち合わせの前に、餃子を食べていくつもりじゃないよね？」

「もちろん、餃子に決まってるじゃないですか。ここは宇都宮ですよ」

「僕は餃子は週末にしか食べないと決めてるんだ」

土方がサラサラの髪を掻《か》きあげた。キラキラのオーラが溢《あふ》れ出すようだ。

これだからイケメンは面倒くさい。

「心配いりません。ニンニク抜きも選べるそうですから」

「それでもニラが入ってるだろ」

「だったらニラと肉も抜いてもらったらどうですか」

「それって、もはや餃子とは違う食べ物だろう」

「いいから、行きますよ。これは上司命令です」

「おいっ。それはパワハラだぞ。餃子だからギョーハラだな。人事部長が絶対に言っちゃだめなやつだ」

「だったら、後で人事部に訴えてください」

「その訴えを調査する責任者は美咲さんじゃないか。卑怯《ひきよう》だぞ」

ブツブツ文句を言いつづけている土方の腕を取ると、美咲は無理やりに引っ張って行った。

栃木支社の支社長室。

美咲は土方と一緒に、真田支社長と向かい合っていた。

「わざわざご足労いただき、ありがとうございます」

真田は噂どおり、腰の低い男だった。一六〇センチくらいの小柄な体軀《たいく》で、薄くなった髪を短く刈り込んでいる。量販店の吊《つ》るしと思われるスーツに、クールビズのご時世にもかかわらず、きっちりとネクタイを締めていた。

真田は栃木支社の叩《たた》きあげで、元はコピー機の修理をしていた技術職だった。

多くの支社長は本社の勤務経験があるか、あるいは営業部長からの昇進なので、現場の技術職からもちあがった真田は少数派と言える。

つまり、真田は社内では本流ではない出世をして支社長になっていることになる。本人も、そのあたりの自覚は十分にあるようだ。

まったく野心はなさそうだ。真面目を絵に描いたような男で、停年までの残り数年を、風波なく過ごしたいと思っているタイプの支社長に見えた。

「栃木支社の人事担当の方から、本社に相談がありました」

「本社のみなさんはお忙しいのに、こんな小さな支社の厄介事をお耳に入れてしまい、本当に申しわけないです」

真田が心底からすまなそうな顔をして、深々と頭をさげる。

「問題が起きているのなら、支社の大小は関係ありません。困っている社員がいれば、全力で支援するのが、わたしたち人事部の仕事です」

「ありがたいことです」

「だから、なんでもご相談ください」

「はあ、どうも」

真田が力なく返事をする。何を言っても、手応《てごた》えがないというか、反応の薄い男だった。隣で土方も苦笑している。

「さくら営業所で起きている問題について、詳しい状況をお聞きしたいのですが」

それでも美咲は、諦《あきら》めずに真田に問いかけた。美咲の熱意を感じたのか、ようやく真田が口を開きだした。

「栃木支社は、宇都宮市や鹿沼《かぬま》市などの県中部を担当する宇都宮営業所、日光市や那須塩《なすしお》原《ばら》市などの県北西部を担当する那須営業所、足利《あしかが》市や小山《おやま》市などの県南部を担当する栃木営業所、そして矢板《やいた》市やさくら市以東の県東部を担当するさくら営業所の四つの営業所をもっています」

「宇都宮営業所だけは、栃木支社が入っているビルの一階に同居しているんですよね」

真田がうなずく。

「一方で、さくら営業所があるさくら市は、位置的には県中部にあるのですが、宇都宮市に隣接していながら大田原市《おおたわら》や那珂川町《なかがわまち》など、茨城県に接している県東部への足掛かりにもなるので、ここに拠点を置いています」

「字は違いますが、わたしもさくらですから、親近感が湧きます」

少しでも真田との距離を縮めたくて、美咲は慣れない軽口を叩く。が、真田は曖昧《あいまい》に愛想笑いをしただけだった。

「さくら市は良い街ですよ。氏家町《うじいえまち》と喜連川町《きつれがわまち》が合併してできた市なのですが、歴史的には奥州《おうしゅう》街道の氏家宿として栄え、喜連川城の城下町としても発展してきました。名前のとおり、町のあちこちに桜の名所がありますし、喜連川温泉は日本三大美肌の湯として多くの人に愛されています」

「美肌の湯なんて、わたしにぴったりの温泉ですね」

これにも真田は真顔でうなずいただけだった。

もはや恥ずかしさに顔が火照ってくる。

「このさくら営業所で、所員の半分にあたる六人が退職願を出したのが、先週のことです」

真田が表情を引き締めた。

「いきなり提出されたんですか」

「いえ、予兆がなかったわけではありません。営業所長の戸田《とだ》と所員たちの間で、何度か意見の行き違いがあったようです」

「行き違いですか」

意見の行き違いぐらいで、六人が同時に退職願を出したりはしないだろう。だが、真田は顔色一つかえずに、

「そう聞いています」

と言い切った。それまで黙って聞いていた土方が、

「でも、さくら営業所って、昨年度の年間ランキングでCグループの全国一位ですよね。戸田所長の体制になってから、三年連続で全国ベストテンに入っています。これはすごいことじゃないですか」

テーブルの上に置いたモバイルパソコンを操作しながら指摘する。

「戸田所長は優秀なマネージャーです。それは誰もが認めることなんです」

「まあ、データを見る限り、トップマネージャーであることは間違いなさそうですが……」

土方が過去データを画面に映した。美咲も覗《のぞ》き込む。

「戸田所長はさくら営業所の前は宇都宮営業所の所長をしていたんですが、このときも全国でトップクラスの成績を取りつづけていました。宇都宮営業所を後輩に任せ、低迷していたさくら営業所の所長に赴任してくれたのが三年前で、それ以降、高い業績をあげつづ

けています」

「なるほど、さくら営業所を立て直したってわけですね」

「そのとおりです……」

土方の言葉に、真田が大きくうなずく。それから、

「……彼は、ヒーローなんです」

まるで信者が神を崇めるように瞳《ひとみ》を輝かせた。


「どう思います？」

美咲は栃木支社を出てタクシーに乗ると、すぐに土方に尋ねた。

「栃木のような小さなマーケットを担当している支社を、全国区へと押しあげた戸田所長は、十年に一人のヒーローだってことだろう」

「真田支社長も絶対の信頼を置いていましたよね」

「信頼だ？　いや、そんな綺麗《きれい》なもんじゃないな。あれは新興宗教の信者が、神様に導いてくれる教祖様のことを崇拝しているのと同じ匂いがしたよ」

「新興宗教ですか」

「ああ、そうだ。教祖は神じゃない。同じ人間なのにな」

「言いすぎじゃないですか」

相変わらず口が悪いですねと言いかけて、これは胸のうちにしまっておくことにする。

「そうかな。真田さんは営業の経験がないんだ。まあ技術者としてはお客様を訪問していただろうから、接客の難しさは骨身に染みてわかっているだろう。膨大な契約を次から次へと決めてくるトップセールスは、営業についてよく知らない社員からすれば、新興宗教の教祖と同じなんじゃないかな」

美咲は営業として採用され、入社後は営業職として新入社員研修を受けた。だが、配属されたのは営業所ではなく、本社の人事部だったので、営業としてお客様と商談した経験は一度もない。

それどころか社員としての社会人経験もわずかなものなので、土方が言っていることは、頭ではわかるようで、肌感覚としてはよくわからない。

「今から会いに行く戸田所長って、怖い人なんでしょうか」

土方に笑われそうだが、聞かずにはいられなかった。

「えっ？　美咲さんでも怖いものってあるんだ」

土方が腹を抱えるようにして大笑いする。

「そんなに笑わなくたっていいじゃないですか」

やっぱり、聞くんじゃなかった。

土方はイケメンで勉強もできて性格も温厚そうに見える。おそらくエリートとして、ちやほやされる人生を送ってきたのだろう。きっと人生勝ち組だ。

そもそもこの男に、デリカシーなんて繊細な感情を期待した自分がばかだった。

「トップセールスに共通したタイプなんてないよ。話上手な明朗活発イケイケドンドンもいれば、寡黙な聞き上手もいる。百人のトップセールスがいれば、百とおりのタイプがあるって言われているくらいだ。まあ、共通していることがあるとすれば、みんな、良い人に見えるってことかな」

「良い人に見えるんですか」

「ああ。本当に良い人もいるし、ただそう見えるってだけの人もいる。でも、とにかく良い人に見えるから、美咲さんなんて純粋でお人好《ひとよ》しだから、くれぐれも沼らないように気をつけたほうがいいよ」

「それって、褒めてもらっていると受けとめていいんですよね」

美咲の質問に、土方は笑っているだけで答えなかった。

タクシーが、さくら営業所に着く。

美咲は土方と一緒に、営業所のドアを開けた。

「いやぁ。お忙しいところ本社からご足労くださり、ありがとうございます」

管理職席に座っていた男が、弾《はじ》けるような笑顔とともに駆け寄ってくる。

「人事部の桜木です」

美咲は名刺を取りだす。

「さくら営業所の所長の戸田です」

戸田が本革の名刺入れに載せた名刺を差しだした。かなり高級そうな名刺入れだ。腕時計もロレックス。慌てて上着を着込んできたようだが、スリーピースの濃紺のスーツもオーダーメイドだろう。

「人事部の土方です」

つづいて土方も名刺交換をする。やはり、視線が名刺入れや腕時計に注がれていた。

「戸田です。真田支社長から、お二人がいらっしゃることは連絡を受けていました。この度は大変ご迷惑をおかけして、本当に申しわけありません」

丁重な詫《わ》びの言葉とともに頭をさげるが、顔は満面の笑みを湛《たた》えたままだ。

土方のような漫画の主人公的なわかりやすいイケメンではないが、戸田の爽《さわ》やかな風貌《ふうぼう》は老若男女を問わず万人受けする印象を与えるに違いない。

なるほど、こういうことか。

土方が言っていた、良い人に見えるという意味がわかったような気がした。

「状況が状況だけに、人事部としてもお話をうかがいたいと思いまして」

土方の言葉に、

「もちろんです。隠し立てするようなことは何もありませんから、どうぞ、こちらへ」

戸田が奥の会議室に案内してくれる。

「では、失礼します」

二人で戸田の後について行った。

営業所のフロアとは距離を置いた別室になっている。これなら話し声を他の人に聞かれる心配はなさそうだ。

「桜木さんが部長で、土方さんが部長補佐なんですね」

少し驚いた様子で、二人の顔とそれぞれの名刺を見比べている。けっして、悪意も見下した感じもなかった。単純に、美咲が若いことに戸惑っている様子だ。

当然と言えば当然の反応だろう。美咲が新人で人事部長になったことは、地方の営業所までは、詳しく伝わっていないのかもしれない。普通に判断すれば、土方が上司で、美咲はアシスタントの新人くらいにしか見えないはずだ。

「どうぞ、お飲みください」

テーブル席に座るなり、ペットボトルのお茶が美咲と土方の前に置かれた。戸田が事前に準備してくれていたようだ。

ここまでの感じでは、戸田という男には見事なまでに好印象しかない。言動の端々に、人の良さが溢《あふ》れだしている。

日頃一緒に仕事をしている土方とは、雲泥の差だ。

「さくら営業所で、六名の所員が退職願を出しているそうですね」

美咲から切りだした。

「わたしの力不足です」

戸田が反省の言葉を口にする。

「いったい、何があったんですか」

「何があったというか……」

戸田が口ごもる。

「さくら営業所の所員は十二名ですよね。その半数が会社を辞めたいと言ってきているんです。よほどのことがあったと思うじゃないですか」

「まあ、わたしの説明不足というか、言葉が足りなかったために、真意が伝わっていなかったみたいなんです。これから時間をかけて説明していきますので、きっとみんなもわかってくれると思います」

「説明不足って、なんですか」

「さくら営業所は、昨年度、Cグループ営業所の年間業績で全国一位になりました。その前は第八位だったんです。それだってすごいことなんですが、みんなで話し合って、第一位を目指そうってことになったんです。うちのメンバーには可能性があります。もっともっとできるメンバーなんです。たくさん苦労もしましたけど、そこはみんなで力を合わせて乗り越えました。その結果が第一位なんです」

「それは本当に素晴らしい成果だと思います」

「そうなんです。素晴らしい成果をあげた仲間なんです。だから、わたしがきちんと説明すれば、必ずわかってもらえると思うんです」

「管理職が説明責任を果たすことは大切なことだとは思いますが――」

「桜木さん。六人の退職願は、真田支社長の預かりということで、いったんは止めてもらっています。この件は、もう少しわたしに時間をいただけませんか。その間に部下たちと話し合ってみますから」

爽《さわ》やかな笑みを湛《たた》えたまま、戸田が美咲に向かって頭をさげる。

美咲は土方に目で合図を送った。

「では、今日のところは戸田所長にお任せするということで、わたしたちは引きあげることにします。後日、またうかがいますので、そのときに改めて話を聞かせてください」

「承知しました。遠いところ、ご足労くださり、本当にありがとうございました」

戸田の対応は、どこまでも紳士的で丁寧なものだった。

4

「運転手さん。次の信号を越えたところで、Uターンできますか」

さくら営業所で呼んでもらったタクシーに乗ってから五分ほど走ったところで、美咲は運転手に声をかけた。

「えっ？　どういうことですか。宇都宮駅に行くんじゃないんですか」

「申しわけないんですが、来た道を戻っていただきたいんです」

「忘れ物でもしたんですか」

ルームミラーには、運転手の怪訝《けげん》そうな表情が映っている。

「まあ、そんなところです。ただ、ハピネス・ソリューションズ・ジャパンの営業所の三〇〇メートルくらい手前の所でおろしてください」

「そんなところでいいんですか？　ちゃんと戻りますよ」

「いえ、ちょっと事情があるんで、そこで大丈夫です」

美咲の言葉に、運転手は首を傾げながらも、指定した場所でタクシーを止めてくれた。

「美咲さんなら、こうすると思ったよ」

土方がニヤリと口角をあげる。

美咲は腕のアップルウォッチに視線を落とした。

「もうすぐ五時ですから、そろそろ営業さんたちが帰社する頃ですよね。ここは一本道なので、ＨＳジャパンの看板車が来れば、すぐにわかります」

「営業たちに直接ヒアリングするんだろう？」

「土方さんは、あの戸田所長ってどう思いましたか？」

「なかなかのイケメンだが僕にはぜんぜん及ばない」

「そういうことじゃなくて――」

「優等生で部下思いの熱血マネージャー……」

そこで土方が一息入れると、

「……を、演じているってところかな」

と言って不敵に肩を揺らす。

「わたしも同じことを感じました」

「イケメンだけど僕には及ばないってこと？」

「だから、そっちじゃなくて」

「もしかしたら、もっとヤバい奴かもしれないけどな」

土方が急に真顔になった。

「どういうことでしょうか」

「真田支社長の絶大なる信頼が、モンスターを生み出したんじゃなければいいけど」

「モンスターですか……」

そのとき、遠くから一台のワゴン車がこちらに向かって走ってきた。次第に近づいてくると、ボンネットにハピネス・ソリューションズ・ジャパンのロゴが大きくプリントされているのが見える。

土方が道に飛び出し、大きく両手を振った。車が二人の前に停車した。

「さくら営業所の方ですよね」

「そうですが」

窓を開けて、男が返事をする。三十歳前後というところだろうか。

「わたしは本社人事部の土方、こちらは人事部長の桜木さんです。わたしたちが声をかけた意味は、わかりますよね」

「本社人事部の方ですか」

男が車のエンジンを切ると、ドアを開けておりてきた。

「さくら営業所の営業の鳥居《とりい》です」

三人は名刺交換をする。美咲が受け取った名刺には、鳥居忠志《ただし》という名前に、「営業係長」という役職が書かれていた。

「お話をうかがいたいのですが、お時間をいただけますか」

美咲はできるだけ不安を与えないように、柔らかな声で鳥居に尋ねた。

「こんな若い方が部長さんなんですね」

鳥居が驚いた顔をしている。

「部長といっても、現場のみなさんの苦情係みたいなものです」

少し戯《おど》けた調子で言ったことで、鳥居は安心したようだ。

「立ち話もなんですから、車に乗ってください。十分ほど走ったところに、チェーンのファミレスがあります」

「ありがとうございます。では、そこへ行きましょう」

三人は車に乗り込んだ。


「さくら営業所で、何が起きているんですか」

注文したアイスコーヒーがテーブルに置かれたところで、美咲は鳥居に尋ねた。

「桜木部長さんは、どこまでご存じなんですか」

鳥居が質問に質問で返してくる。

「午後一で真田支社長に会ってきました。それから先ほど、戸田所長にもお話を聞いてきました」

「支社長はだめですね」

鳥居が眉根《まゆね》をあげた。

「どういうことですか」

「支社長は戸田所長に取り憑《つ》かれています」

美咲は思わず隣に座っている土方と顔を見合わせてしまう。

「鳥居さんも退職願を出されているんですか」

土方が尋ねる。

「わたしも出しました。まだ他にも出す奴がいると思います」

鳥居が視線を泳がせながら答えた。

「どうしてそんなことに」

「わたしも他の連中も、本当は辞めたくなんかないんです。でも、もう限界なんです」

「正直に全部話してください」

美咲の言葉に、鳥居が覚悟を決めたように深くうなずく。

「戸田所長が来るまでは、さくら営業所は普通の職場だったんです。でも、三年前に戸田所長が来て、すべてが変わりました。業績があがらないと土日祝日の休日出勤は当たり前、早出や深夜までの残業も毎日のようになりました。日曜日の深夜十二時から営業会議をやったりするんです。そりゃ業績があがるに決まってますよ。他の営業所は一ヵ月の稼働日が二十日間なのに、さくら営業所では三十日近くもあるんだから。それだけで一・五倍ですよ。残業も入れれば、二倍以上も働いています。全国トップになるはずです」

「ちょっと待ってください。今日ここへ来る前に、さくら営業所の所員のみなさんの勤怠状況は調べてきました。残業はほとんどなかったし、ましてや休日出勤なんて一日も申請が出ていませんでした」

「そりゃそうですよ。勤怠システムで残業や休日出勤を申請しても、戸田所長がすべて却下してくるんだから。いくら申請してもだめって言われるので、そのうちに誰も申請しなくなりました」

営業所の評価は、売上や粗利の達成率だけでなく、営業所PLと言われる営業所別損益計算書によってポイント化されている。営業利益をあげるのに、どれだけの経費がかかったかを差し引いて、会社への貢献度を評価するためだ。

経費は事務所の家賃や光熱費、営業車のリース代やガソリン代、事務用品の購入費など、様々なものがあるが、もっとも大きいのが人件費だ。とくに、さくら営業所のようなCグループ営業所では、所員の給与や残業代などの人件費の比率が高くなる。

「営業所の評価ポイントをあげるために、残業がなかったことにしたんですね」

美咲の言葉に、鳥居がうなずいた。

「でも、毎日、残業は強制されるし、土日に会社に出なければ、しつこくスマホを鳴らしつづけられます。あの人、病気っていうか、異常ですよ」

「それじゃ、身体だって壊しちゃうじゃないですか」

「何を言ってるんです。人事部で調べて来たんじゃないんですか。去年、身体を壊して退職した人が二人います」

鳥居の唇が、わなわなと怒りに震えている。

美咲の隣で、土方がモバイルパソコンを操作し、勤怠システムに人事部権限でアクセスした。

土方のパソコンの画面を覗《のぞ》く。鳥居の言ったとおり、さくら営業所で二名の退職者が出ていた。

「二人とも、退職理由は自己都合になっています」

自己都合退職の場合は、失業保険の給付を受けるまでに、通常で二ヵ月を待たなければならない。また、失業手当の給付期間が会社都合より短く設定されることがあるなど、いくつかのデメリットがあった。

「サービス残業のしすぎで体調を崩して退職するのも、うちの会社では自己都合ってことになるんですね」

「たしかに病気による退職は、自己都合退職になりますが、ハラスメント行為で体調を崩したのであれば、特定理由離職者として会社都合退職とすることもできます」

「そんなこと、会社の誰も教えてくれなかったじゃないですか」

鳥居が自身の気持ちを落ちつかせようと、アイスコーヒーに手を伸ばした。グラスの表面をいくつもの水滴が、涙のように流れ落ちていく。

そのとき、ファミレスの自動ドアが開き、一人の若い女が入ってきた。それに気づいた鳥居が胸の前で小さく右手を振る。女がまっすぐにこちらに向かって歩いてきた。

「さくら営業所で営業をしている本多《ほんだ》純子《じゅんこ》です」

純子が営業らしく丁寧にお辞儀をする。

美咲と土方も、立ちあがると挨拶《あいさつ》して、互いに名刺を交換した。

「わたしが純子をメールで呼びました」

鳥居が言うと、純子は彼に寄り添うように席に座った。

「もしかして、お二人は……」

美咲の問いかけに、

「はい。お付き合いをさせてもらっています」

鳥居が胸を張るように堂々と答えた。

「それじゃ、もしかして本多さんも退職願を出されているんですか」

「はい。忠志さん……あっ、鳥居係長と相談して、わたしも退職願を提出しました」

「そうなんですね」

「わたしたち、結婚しようと思っているんです」

「それは、おめでとうございます。でも、だったら何も辞めなくても……」

ハピネス・ソリューションズ・ジャパンは、世間的には大企業と言われている。給与も世の中の水準では良い方だろう。結婚を予定しているのに、夫婦ともに仕事を失ってしまっては不安なはずだ。

「ありがとうございます。でも、だからこそ、二人で会社を辞めるんです」

純子が訴える。

「さくら営業所のことは、人事部でも動き出しています。退職のことは、考え直していただくことはできないでしょうか」

「桜木部長さん。わたしも鳥居係長も、ＨＳジャパンが好きで仕事をしてきました。誰だって、長く働いてきた職場を辞めたいと思う人はいないんじゃないでしょうか」

「それなら――」

「さくら営業所で働きつづけて、わたしたちは幸せになれますか」

「それは……」

「もう、限界なんです……」

純子が醒《さ》めた視線を向けてきた。それは、ここまで放置してきた会社に絶望し、恨んでさえいるように見える。

「……戸田所長のおかげで、さくら営業所の業績はあがりました。みんな出世して、給料やボーナスも増えました。忠志さんは係長にも昇進できました。だけど、それと引き換えに、失ったものだってたくさんあります。桜木部長さん、幸せって、なんだと思いますか？」

幸せの価値感は人それぞれだ。難しい質問だった。

「本多さんのお気持ちは、よくわかります」

「わたしの気持ちですか。本当に本社の人事部長さんでもわかっていただけるものなんですか。好きな人と一緒に過ごす時間がどれほど大切なものか、わかってくださるんですか。信頼関係を築くことも、一緒に成長することも、共通の経験をしてかけがえのない思い出を作ることも、健康で穏やかな日常を送ることも、お金では買えないんだってことを、わかってくださるんですか。だったら戸田所長に、人事部からそれを伝えてください。わたしたちが言っても、聞く耳を持ってもらえないんですから」

純子は両手で顔を覆って、泣きだしてしまう。鳥居が優しく純子の肩を抱いた。

「真田支社長は、このことをご存じなんですか」

美咲は覚悟を決めて、鳥居に尋ねた。

恐ろしい質問だったが、尋ねないわけにはいかない。

隣でパソコンに議事録を打っていた土方の指が止まる。

「あなたはどう思いますか？　桜木人事部長」

鳥居が挑むような目で、美咲を睨《にら》みつけた。

5

「美咲さん、栃木の真田支社長からお電話です」

会社の固定電話を取った奈々が、美咲に訴える。

美咲が土方と一緒に栃木支社に行ってから、すでに一週間がすぎていた。

「席を外しているって言ってください」

「また居留守ですか。今日だけでもう五回目の電話ですよ」

「五回だろうが五十回だろうが、とにかく怒り出すまで、いないって言いつづけてください」

「もうとっくに怒っちゃってますけど。いくら携帯電話にかけても、ぜんぜん出ないって、カンカンですよ」

「そりゃ、真田さんの携帯番号も栃木支社の代表番号も着信拒否にしてるからね」

「あの温厚な真田支社長を、何をしたらここまで怒らせることができるんですか」

「もう、仕方ないなあ。じゃあ、そろそろ返事してやりますか。明日《あした》にでもわたしが栃木支社に行くって、アポイントを取っておいてください」

「わかりました。やっとこれで解放されるのかぁ」

奈々が安堵《あんど》の溜息《ためいき》を吐く。

美咲と奈々のやり取りを聞きつけて、土方がやってきた。

「おっ、いよいよ乗り込むのか」

「明日のアポを取ってもらいますから、土方さんも一緒にお願いしますね」

「明日の金曜日か。もちろん、行くに決まってるだろう。来るなって言われてもついていくさ」

「土方さん、なんだか楽しんでませんか」

「僕はただ、部長補佐として美咲さんが大暴れするところを、この目で見たいだけだよ」

「なんですか、大暴れって」

「なんか、本社のあちこちの部署で、美咲さんのことが噂になりはじめているらしいんだ。福岡に乗り込んで、あの黒田さんを手玉に取ったって」

「ちょ、ちょっと待ってください。手玉になんて取ってませんよ」

「噂ってのは、尾ひれがつくものだからな」

「誰がそんなことを！」

「会長秘書の簗山さんが言い触らしているって聞いたけど」

　頭が痛くなる。あの人ならやりそうだ。

「とにかく、明日はよろしくお願いします」

「それにしても、さくら営業所のネットワークをサーバーから遮断してしまうなんて、思いきったことをしたよな。今までそんな恐ろしいことを考えついた人はいないぞ」

「人聞きの悪いことを言わないでください。遮断したのは、平日十七時三十分から翌朝九時までと土日の休日だけです。平日九時から十七時三十分までは、ちゃんと接続させてます」

「我が社のパソコンはアプリケーションもデータも、すべてサーバー上にあって動いているからな。セキュリティを厳しく管理されていて、サーバーから遮断されたら、パソコンなんてただのガラクタだ」

「今のさくら営業所では、終業時刻をすぎたら、見積書を作成するどころか、インターネットで天気予報を見ることさえできません」

「美咲さん、エグいことをするよな」

「内部統制室に事前相談の上で、システム管理部に協力してもらって、人事部長の権限を発動させました」

本社の部長の権限の大きさに、改めて我ながら驚いている。支社長にもできないことが、本社の部長には認められていた。

言ってみれば、支社長は全国に四十七人いる。東京や大阪など、何人かの支社長は取締役の役員が務めてはいたが、それでも担当する都道府県の人事や営業施策については決定権をもっていても、全社に適用する会社の規則においては、一般の社員と大差はない。

その一方で、本社の部長は専門的な権限を有している。人事部長は、全社で美咲一人しかいない。おのずと権限は支社長よりも大きく、役員と同等かそれ以上の決定権をもつことになるのだ。

「IT企業の営業からパソコンを奪ったんだ。鳥から翼を捥《も》いだも同然だ。さくら営業所の戸田所長は激怒しているだろうな」

土方が不敵に頰を揺らす。

「どうでしょうか。明日行けばわかることです」

美咲は、自分に言い聞かせるように言った。


翌日の午後一時。

美咲は土方と一緒に、さくら営業所をアポなしで訪問した。

三時から栃木支社で、真田と会う約束になっている。どうしてもその前に、戸田所長と会っておきたかったのだ。

ドアの前で大きく深呼吸した。

やるしかない。

覚悟を決める。

緊張を察したのか、土方がポンッと背中を押してくれた。こういうところもイケメンなのが気に食わないが、今はちょっとだけ嬉《うれ》しい。

そんなことを思ってしまう自分が少し悔しいのだが。

「行きます」

土方に声をかけ、自分の手でドアを押した。

入口から入ってきた美咲と土方を見て、戸田が血相を変えて駆け寄ってくる。

「いったい、どういうつもりなんですか！」

戸田の顔が抑えきれない憤りに歪《ゆが》んでいた。

「何か問題がありましたか」

美咲の言葉が、戸田の怒りにさらに火をつける。

「よくもまあ、いけしゃあしゃあと、そんなことが言えますね。真田支社長から聞いています。うちの営業所のネットワークをサーバーから遮断したのは、桜木部長だそうじゃないですか！」

「はい。わたしがやりました」

美咲はすました顔で言い退《の》けた。

「ひどいじゃないですか！」

「どうしてですか？」

「どうしてって……」

「勤怠管理システムで、さくら営業所の所員の勤怠記録を、すべて確認させていただきました。そうですよね、土方部長補佐」

「ああ。戸田所長が赴任されてからの三年間だが、誰一人としてほとんど残業をしていないことになっている。休日出勤もない。全国の状況を調べてみたが、そんな営業所はさくら営業所以外に一つもなかった」

土方が、印刷したさくら営業所の勤怠記録データを見ながら言った。

「戸田所長。さくら営業所では全員が毎日定時退社をしているようですね。だったら、夜の間にパソコンが使えなくても、なんの問題もないじゃないですか」

「仕事が終わった後だって、パソコンを使いたいことがあります」

「たとえば、どんなときでしょうか」

「そ、それは……」

戸田が言葉に詰まる。

「見積書を作成するなら仕事だし、ネットで流行《はや》りの店を探すなら私用です。仕事なら残業申請が承認されてからするべきだし、私用なら退社してから自宅でしてほしいです。違いますか」

「それはそうかもしれないですが……」

「でしたら、十七時三十分以降にパソコンがサーバーから遮断されたって、なんの問題もないですよね」

「それじゃあ、困るんです」

戸田が目を閉じた。やがて、肩が小刻みに揺れはじめる。次第に小さな笑い声が漏れてきて、それがどんどん大きくなっていった。

「何がおかしいんですか！」

美咲が憤ると、

「本社のお偉いさんは、現場のことなんてぜんぜんわかってないんだな」

戸田が仮面を脱ぎ捨てる。

「わかっていないのは、戸田さんのほうじゃないんですか」

「現場のことは、現場に任せておけって言ってるんです。本社がいちいち口を出すなよ！」

「それ、却下です！」

「なんだと。ふざけるな！　頭にくるな。わたしのやり方の何がいけないって言うんですか。さくら営業所は、全国第一位になったんですよ。見てくださいよ、この表彰状やトロフィーを！」

戸田が指差したキャビネットの上には、年間表彰式やキャンペーンで受賞したときにもらった、数々の表彰状やトロフィーが並んでいた。

「たしかに、さくら営業所の業績は、素晴らしいものです」

「だったら、それがどういうことか、人事部の方ならわかるでしょう。所員はみんな出世したんです。毎月の報奨金だって獲得したし、賞与だって栃木支社で一番たくさんもらっている。誰のおかげだと思っているんです。わたしが彼らを幸せにしてあげたんです」

戸田が両手を広げ、自慢げに胸を張る。

「それってパワハラです！」

美咲は憤然たる表情で抗議した。

「黙れ！」

「黙りません！　サービス残業は、絶対に許されないことなんです。もしもサービス残業をしようとしている人がいたら、それを注意することが管理職の責任なんです」

「やっぱり、本社の人は甘いなぁ」

「なんですって！」

「それで業績があがると思っているんですか。わたしの部下が出世できますか。彼らが幸せになれますか」

戸田が吐き捨てるように言い返してくる。

美咲は、つかつかと戸田に歩み寄ると、ワイシャツの胸ぐらをつかんで大声で言い放った。

「ふざけんじゃないわよ！」

あまりの大音声に、戸田が面食らって腰を抜かす。

「な、なんだよ」

尻餅《しりもち》をついている戸田に向かって、

「あんたに所長を名乗る資格はない！　何が幸せかなんて、そんなものは自分で決めることよ。営業マンのくせに、幸せの押し売りをするな！」

美咲は啖呵《たんか》を切った。

「こんなの本社の横暴じゃないか。栃木支社には栃木支社のやり方があるんだ」

怯《おび》えたように戸田が訴える。

「もちろんこの後、人事部として真田支社長とはじっくり話をさせていただきます。あなたが所員たちにしたことは、絶対に許しませんから。覚悟しておきなさい！」

美咲は仁王立ちになって、戸田を睨《にら》み返した。


その日の十五時、栃木支社の支社長室。

美咲は土方とともに、真田支社長に向き合っていた。

「先ほど、さくら営業所に行って、戸田所長と会ってきました」

「戸田所長の所へ行くなんて話は聞いていません。いくら本社の人事部長だからって、あまり勝手なことをされては困ります」

真田が不機嫌さを隠さずに抗議してくる。

「人事部の仕事は、経営資源である人材を確保し、職場環境の改善などを通じて、生産性向上を実現していくことです。これは人事部の役割だと思えば、すべてがわたしの仕事になります」

前任の人事部長である堀田から、引き継ぎのときに言われた言葉だ。

美咲の勢いに、真田が怯《ひる》む様子を見せる。

「わ、わかりました。まあ、それは良いでしょう。でも、さくら営業所のシステムをサーバーから遮断している件は、なんとかしていただきたい」

「なぜでしょうか」

「なぜって、さくら営業所の仕事に差し支えがあるからです。さくら営業所は栃木支社の業績に多大な貢献をしてくれています。このままでは困ります」

「申しわけありませんが、それはできません」

「できないって、人事部がなんの権限でそんな無茶なことをするんですか」

真田が眉間《みけん》に皺《しわ》を寄せる。はっきりと敵意を見せた。おそらく、この男にしては稀《まれ》なことに違いない。それだけ怒っているということだ。

「先日、さくら営業所の二人の所員の方とお話をさせていただきました。サービス残業や休日出勤の状況について、詳しく聞かせていただきました。真田支社長もご存じだったんですね」

美咲の言葉に、途端に真田の顔色が変わった。

「い、いや。それは……」

「どんな言いわけも通用しません。だめなものは、だめなんです」

「だが、戸田所長は、ずっと業績をあげてくれていたんです」

真田が狼狽《うろた》えながらも、必死に訴える。

「もう、時代は変わったんです。こんなやり方で作った業績では、誰も幸せにはなりません」

「わたしたちのやり方は、古いということなんでしょうか」

「真田支社長。考えてみてください。社員さえ幸せにできない会社に、お客様を幸せにすることができるでしょうか」

「だけど……」

「人事部は、これを絶対に許しません」

美咲の言葉に、真田が深く肩を落とした。

「処分はどうなるんでしょうか」

「今回の件の報告書は、真田支社長が作成して、人事部に提出してください。戸田所長の件は、許されることではありません。栃木支社として、本人に懲戒解雇の処分を出してください」

「懲戒解雇ですか」

真田の表情が強張《こわば》る。

「大変残念ですが、それでも軽いくらいです。本人とよく話をしていただき、事の重大さを理解していただいてください。本人の次の道のためにも、必要なことだと思います」

「わかりました」

「それから、真田支社長の預かりになっている退職願は、六人の方たちに返却の上で、できれば撤回してもらえるように協議をお願いします。みなさん、HSジャパンやさくら営業所のことが好きで仕事をしてきた方ばかりです。なんとか、慰留をしてください。その際、過去のサービス残業代と休日出勤手当は、可能な限り遡《さかのぼ》って、会社でお支払いをさせていただきます」

「そんなことができるのですか」

「できるかできないかではありません。やるべきことを、やるんです」

美咲は自分に言い聞かせるように言葉にした。

「わかりました。六人には引きつづき仕事をしてもらえるように、しっかりと話をしたいと思います」

「そのすべてが終わりましたら、真田支社長のご自身のことをお考えください。今、わたしから言えるのは、そこまでです」

「ありがとうございます」

真田が、まっすぐに美咲を見つめる。

美咲は、ゆっくりと息を吐いて、身体の力を抜いた。


美咲は土方と一緒に、栃木支社を出る。

「やっぱり、大暴れだったな」

土方が頬を揺らした。

「これでもわたしは落ち込んでるんですから、からかわないでください」

「なんだ。美咲さんにしては、ずいぶんしおらしいな」

「そりゃ、許されないことをしたとはいえ、社員一人を処分することになるんですから、責任を感じますよ」

「美咲さんは人事部長として処分をくだすほうなんだから、責任を感じることはないだろう。悪いのは戸田所長なんだし」

「理屈ではわかってますけど、気持ちはそういうわけにはいかないですよ」

美咲は目を伏せる。

「真田支社長もすべてが片付いたら、きっと退職願を出すだろうからな」

「そうですよね」

美咲は肩をおとした。

「でも、これで鳥居さんと本多さんは、会社を辞めないでくれるかもしれないよ」

「そうですかね」

「ああ、残ってくれて、社内結婚して、きっと幸せになってくれるさ」

「そうなるといいなぁ」

美咲は遠い目をする。

「そうだ。このまま泊まっていくか？」

「えっ？　い、いきなり何を言ってるんですか」

「さくら市の喜連川城跡がお丸山《まるやま》公園って言う名前で整備されていて、そこにあるホテルの温泉がとっても良いらしいぞ」

「日本三大美肌の湯ですね」

「ああ。さくら市の名物は養殖している鮎《あゆ》の塩焼きと温泉パンだそうだ」

「それは美味《おい》しそうですね」

「明日《あした》は土曜日で休みだし、せっかくだから泊まっていこう」

「ちょ、ちょっと待ってください。そんなこと急に言われても、わたしだって心の準備が必要っていうか。だいだい土方さんを、今までそういう気持ちで見たことがなかったし。でも、土方さんが本気だって言うなら、わたしだってちゃんと考えないわけではないんですけど――」

美咲がぶつぶつ言っている間に、土方はスマホで電話しながら先を歩きだしていた。

「おーい、ホテルに電話して訊《き》いたら、二部屋空いてるって」

二部屋？　そりゃ、そうだよね。

「あのー、風呂《ふろ》あがりにビールを飲めるんでしょうか」

「レストランもあるってさ」

「よっしゃー。温泉入りにいきましょう」

美咲は土方を追って駆けだす。

ふんわりと甘いオーデコロンの匂いがした。

6

「翔希くん。今週もちゃんと読んできた？」

土曜日の午後。美咲は父の見舞いの後、病院の一階のロビーに併設されているカフェで、翔希と会っていた。

彼と出会ってから、一ヵ月半が経とうとしている。毎週末にコーヒーを飲みながら、およそ一時間ばかり読書会を開いていた。

二人で同じ本を読んでおいて、感想や意見を出し合う。この週一回の短いひとときが、美咲にとって待ち遠しいものになりつつあった。

それも翔希のおかげだ。翔希は五歳からサッカー一筋で、ほとんど本など読んでこなかったという割には、ハッとするようなユニークな意見を言うことがあった。

きっと感性が豊かなのだろう。単なる内容の要約にとどまらず、翔希ならではの視点や経験をまじえて、魅力的で興味深い感想を話してくれた。

読書会の終わりには、美咲は読んだばかりの本を、次回の課題本としてプレゼントした。今までは夏目漱石《なつめそうせき》の『吾輩《わがはい》は猫である』や村上春樹《むらかみはるき》の『ノルウェイの森』、菊池寛《きくちかん》の『恩讐《おんしゅう》の彼方《かなた》に』など、主人公の挫折《ざせつ》と再生をテーマにしたものを多く選んでいる。

あからさま過ぎるかと迷ったが、勘の良い翔希には小細工をするより、正直にメッセージを送ったほうが良いと思ったのだ。

実際に翔希はどの本も、面白く読んでくれたようだ。

「三日後に退院が決まったんです」

カップのコーヒーが飲み終わろうかという頃、翔希が言いにくそうに口にした。

「良かったじゃない。おめでとう」

「もう、美咲先生との読書会も終わりなのかな……」

「そうね。これはあげるけど、読書会は今日でおしまいかな」

美咲は又吉直樹《またよしなおき》の『火花』を差し出す。

「俺、リハビリが終わったら、またサッカーをやろうと思うんだ」

「部活に戻るの？」

「さすがにそれは無理だけど、ＯＢの先輩たちがやっているフットサルのサークルがあるんだ。監督が連絡をしてくれて、高校生でも入れてくれるって」

「うん。とってもいいんじゃない」

「国立は目指せないけど、やっぱりボールを蹴《け》るのは楽しいから」

「かっこいいと思うよ」

美咲の言葉に、翔希が照れたように笑った。

「退院しても、会えるかな」

「どうかな」

「そうだよね」

翔希が寂しげに視線を落とす。

「またどこかで翔希くんが転びそうになったら、そのときはわたしが手を差しのべることがあるかもしれないよ」

「次は俺が助ける番かも」

翔希が見つめ返してきた。とても優しげな目をしている。

「わたしの母の口癖は、『情けは人の為ならず』っていうの」

「どういう意味？」

「困っている人を助けるということは、かけた恩が世の中をまわりまわって、いつか自分に返ってくるってこと。わたしが子供の頃に、母がいつも言っていて、もう何百回聞かされたかわからないくらい」

美咲は笑いながら言った。

「良い言葉だね」

「もう、翔希くんはわたしのことを、何度も助けてくれているんだよ」

「いつ俺が、美咲先生を助けたの？」

翔希が首を傾げる。

「教えてあげない。でも、君は奇跡を起こせるんだよ」

美咲は笑顔で右手を差し出した。翔希が慌ててTシャツの裾《すそ》で手のひらを拭《ふ》くと、強く握り返してくる。

「美咲先生、ありがとうございました」

「久坂翔希、頑張れよ！」

二人はしっかりと握手をかわした。

第四章　対　決

1

秋も深まり、そろそろ牡蠣《かき》の美味しい季節がくる。

美咲は牡蠣が大好きだ。最近、会社の近くに産地直送の新鮮な牡蠣を食べさせてくれるオイスターバーを見つけたので、奈々でも誘って帰りに寄ってみようかと帰り支度をはじめていたところに、

「美咲さん、もう退社されますか」

当の本人から声をかけられた。

「あっ、奈々ちゃん。今夜、空いてる？」

「スイーツですか？　ワインですか？」

奈々が共犯者の顔で目元を緩める。

先週は一緒に栗をふんだんに使ったモンブランを食べに行っていた。

「今夜は牡蠣とワインなんだけど――」

言いかけた美咲を、

「それより、相談があるんですけど」

急に表情を引き締めた奈々の言葉がさえぎる。

「あら、何かしら？」

「ここではちょっと……、会議室に来ていただいてもいいですか」

言いにくそうである。

「わかりました」

「第九会議室を予約済みです」

奈々と連れだって第九会議室に行く。奥の席に座ろうとすると、

「あっ、だめです！」

奈々に止められた。

「どうしたの？」

慌てて席から離れる。

「ここを見てください」

奈々が会議テーブルの下に潜り込んだ。美咲も同じように、床のフロアカーペットに膝《ひざ》をついて会議テーブルの下に入る。

「えっ？　何これ？」

会議テーブルの脚の一本に、ボールペンが両面テープで貼り付けてある。同色の白色な

ので、よく注意して見ないと気がつかないだろう。

「美咲さん、今日はミニスカートですよね。だから、そこの席に座ったら、だめです」

はじめはミニスカートとボールペンの関係性がわからなかったが、すぐに最悪の状況が閃《ひらめ》いた。顔から血の気が引く。

「嘘！　これ、盗撮機なの？」

美咲は驚いた拍子に、

「痛い！」

頭を会議テーブルの天板に思いっきりぶつけてしまった。頭を押さえながら、会議テーブルの下から這《は》いでる。奈々も立ちあがった。

「大丈夫ですか」

奈々が心配してくれるが、それどころではない。

「なんで盗撮機ってわかるの？」

「よく見ると、小さなレンズがついています。一応、スマホで写真を撮って、ネットで画像検索にかけたら、ネット通販で同じものが販売されていました」

なるほど、ボールペン型の盗撮機に間違いないようだ。

「どうしてこんなものがあるの？」

「わたしが知りたいくらいです。だいたい盗撮機って、誰が仕掛けたかわからないようにするものなんじゃないんですか」

たしかに、持ち主の名前が書いてある盗撮機などないだろう。

「他にもあるのかしら？」

美咲は朝からいくつもの会議に出席していた。それを盗み撮りされていたかと思うと、ゾッとして全身に鳥肌が立つ。ミニスカートで来たことを後悔した。

「ここだけみたいです」

「ほんとに？」

「さっき、他の会議室も全部見てきました。それに犯人のねらいは、たぶん第九会議室だけだと思うんです」

「どうして？」

「第九会議室って、Gプロジェクトをやっている場所ですから」

「あっ！」

ハピネス・ソリューションズ・ジャパンでは、女性活躍推進を目的に「女性による女性のための提言」を行うプロジェクトを立ちあげていた。人事部長である美咲の発案により発足したものだ。

本社に所属する様々な部署から、幅広い年代の女性を八人選抜して、毎週水曜日の十三時から十七時にプロジェクトミーティングをおこなっている。そのプロジェクト名が、ジェンダーのスペルの頭文字を取って、Gプロジェクトと名づけられていた。

「Gプロって、明日《あした》じゃない」

今日は火曜日だった。

「実は今日の午後に、ここを打ち合わせで使ったんです。そのときに飲んでいたお茶をこぼしちゃって、慌ててテーブルの下に入ってフロアカーペットをティッシュで拭いたんですよ。だからはっきり言えるんですけど、そのときはそんなボールペンはありませんでした」

「それ、間違いない？」

「はい。だって、テーブルの脚にもお茶がかかっちゃったから、わたしが拭いたんで、絶対に間違いありません。会議は十六時に終わったんですが、フロアカーペットが乾いて染みになっていたらいけないと思って、十七時すぎてから、もう一度見に来てみたんです」

「そうしたら盗聴機があったってわけね」

「はい。そうです」

「このこと、誰かに言った？」

奈々が大きく首を左右に振る。

「まずは美咲さんに報告しなくちゃって思って、まだ他の人には話していません」

美咲は腕組みをすると、しばし思案した。それから眉間《みけん》に皺《しわ》を寄せて、表情を引き締める。

「だったら、この犯人をわたしたちで捕まえない？」

「そう来ると思いましたよ」

奈々がニマーッと喜色を浮かべた。

「犯人のねらいが明日の午後のGプロだとしたら、終了後の十七時すぎには、必ずこの盗撮機を回収に来るはず」

「そこを押さえて捕まえるんですね」

奈々が右手の拳《こぶし》を握ってパンチをする。

「盗撮なんて女の敵は、絶対に許さない。それもよりによって、わたしが座長を務めているGプロをターゲットにしてくるなんて！」

美咲はコブができた頭を手のひらで撫《な》でながら、盗撮機を睨《にら》みつけた。


翌日、水曜日の十七時。

Gプロジェクトが五分前に終わったばかりだ。

美咲と奈々は、給湯室に隠れながら、第九会議室のドアを見張っていた。

今からこの会議室に入っていく人物が、間違いなく犯人である。

「来ないですね」

緊張を和らげたいのか、奈々が両手で美咲の腕をつかんでいる。

「犯人は今日中に盗撮機を回収しなくちゃいけないから、必ず現れるはず」

そう言う美咲も、胸の鼓動が聞こえそうなほどドキドキしていた。

「わたし、お腹が空いてきちゃいました」

「よくこんなときにお腹が減るわね」

「緊張するとお腹が減る体質なんです」

奈々が惚《とぼ》けたことを言う。

「静かに。あっ、来たわ」

男が第九会議室に入って行った。

すぐに美咲と奈々は給湯室を飛びだし、第九会議室に向かう。

ドアを開けた。会議テーブルの下に潜り込んでいたのは、人事一課長の大岡孝八だった。

「大岡さん！」

美咲は叫ぶ。

「な、なんだよ！」

大岡が狼狽《ろうばい》を隠せず、しどろもどろになっていた。

「そこで何をしているんですか」

「何って、俺はただ……」

「手に持っているのは、なんですか」

「これは……」

「わたし、それが何か知っています。ボールペン型の盗撮機ですよね。それをどうして大岡さんが手にしているんですか」

「ち、違うんだ」

「何が違うっていうんですか」

「今日の午前中にこの部屋を使ったときに、盗撮機を見つけたんだ。それで犯人を捕まえようとそのままにしておいたんだが、誰も現れないようだから回収したところだ。おまえに報告するために、ちょうどもっていくところだった」

「ずいぶんと都合が良い話ですね」

「嘘じゃないぞ」

大岡が美咲を睨みつけてくる。

「だったら、どうしてその手に持っているものが盗撮機だって知っているんですか」

「だから言っただろう。午前中に見つけたんだって」

「本当にそうですか」

「俺が嘘を言ってるって言うのか！　間違いない。今日の午前中に見つけたんだ」

「それ、却下です！」

「何を言ってるんだ」

「そのボールペンをよく見てください」

「どういうことだ」

「それって、ただのボールペンですよ」

「ふざけるな！　そんなわけないだろう。これは間違いなく盗撮機だ！」

「違いますよ。だって、昨夜のうちに、わたしが似たような普通のボールペンにすり替えておきましたから。本物の盗撮機は、こっちです」

ざして見せた。

美咲は胸ポケットに差してあったボールペン型の盗撮機を取りだして、大岡のほうにか

「ばかな！」

「今日のGプロで女の子たちを盗撮させるわけにはいかなかったんで、事前にすり替えておきました。でも、おかしくないですか。今日の午前中にテーブルの脚に張りつけてあったのは、ただのボールペンだったんですよ。なのに、大岡さんは盗撮機だったって。いったい、大岡さんが見たのはなんだったんでしょうか」

「クソッ！　俺をはめやがったな！」

「今までの会話は、奈々ちゃんがすべて動画に撮っています。もう観念しなさい！」

「なんだと、こいつ！」

大岡が美咲に迫ってくる。そのとき、会議室のドアが開いて、土方が飛び込んできた。そのまま大岡を羽交い締めにしてしまう。

「土方さん、入ってくるのが遅いですよ」

美咲は奈々を背後に庇《かば》いながら、土方に文句を言った。

「申し訳ない。美咲さんがサスペンスドラマみたいな名演技をしていたんで、おもしろくて聞き惚《ほ》れてしまったよ」

「冗談じゃないですよ。本当に怖かったんですから」

「それより、警備員室に内線をかけて、誰か寄越《よこ》してもらってくれないかな」

させられた。

「はい。わかりました」

奈々が内線電話に飛びつく。

それからすぐに警備員が駆けつけ、大岡は事情を詳しく聞かれた上で、とりあえず帰宅させられた。

美咲は大岡に、処分が決まるまでは自宅待機をするようにと申しわたした。

2

事件から二日がすぎた。

大岡の机の引き出しからは、私物のＵＳＢメモリーが見つかり、大量の盗撮画像が保存されていた。その中には社内の会議室だけでなく、通勤途中の電車の中で撮影されたものもあったという。

以前、美咲との言い争いの原因になった電車内での赤ん坊の泣き声のことも、もしかしたら盗撮を邪魔された腹いせに怒鳴ったのかもしれない。美咲としては、そんなことを疑いたくなるほどだった。

残念だが、会社としては警察に届けないわけにはいかない。法的にはもちろん、会社としても厳しい処分をくだすことになるだろう。

大岡とは最後までわかり合えなかった。

直属の上司として、美咲はそれが残念でならない。

人事部長としては、責任も感じていた。

一週間が経った。

大岡の事件のことで大騒ぎになっていた人事部に、それを吹き飛ばすようなさらなる問題が発生した。

美咲は、朝から会議室に土方と葛野と三人でこもる。

「愛知支社から人事部に内部通報があったんだ」

土方が珍しく険しい表情をして言った。

「内部通報ですか」

美咲にとって、初めての事案だ。

ハピネス・ソリューションズ・ジャパンに限らずコンプライアンス——つまり、企業が法律や規則、倫理規範などを遵守し、社会的な責任を果たすことは、重要な企業課題になっていた。

ハピネス・ソリューションズ・ジャパンでも、公益通報者保護法に則《のっと》り、人事部内に内部通報の窓口を設けている。社員から不正や違法行為の通報があっても、解雇や減給、降格などの不利益な取り扱いがないように保護することがねらいだ。

「どうやら、談合を主導していたようだ」

土方が資料を会議テーブルに放りなげた。

「談合って、どういうことなんでしょうか」

美咲は土方に尋ねる。

テレビのニュースでは、度々耳にする言葉だ。なんとなくわかっているようで、正直、詳しく理解しているかと問われれば首を横に振るしかない。営業職を対象とした新入社員研修でも、プログラムの中にはなかった。

「談合は独占禁止法によって禁止されている、不当な取引になるんだ。たとえば国や地方公共団体が行う公共事業や物品調達で、入札に参加した企業同士が裏で価格を調整して、落札金額を吊りあげたり、落札の順番を決めたりすることは、談合として違法行為になる」

「たしかにそんなことをすれば自由競争の原理が働かなくなって税金が無駄に使われたり、真面目に良い提案をした企業が選ばれないから品質もさがりますね」

「談合をすれば、企業の提案価値や努力がなくても高い利益をあげることができる。そんなことがはびこって道路やダムの工事が行われたら、日本の国力は低下し、国民の安全な生活も脅かされることになる」

「たしかに、そうです」

「公共事業に限らず民間事業においても、談合は不当な取引として、独占禁止法によって厳しく規制されているんだ」

「絶対にやってはいけないことですね」

美咲は反射的に答える。

「美咲ちゃんは、相変わらず学級委員長さんだな」

葛野が口を挟んできた。

「それって、どういう意味でしょうか」

「真面目だってことさ」

「真面目のどこがいけないんですか」

葛野に挑戦的に言い返す。だいたい、いくら元は支社長だったからといって、上司に向かって「ちゃん付け」はないだろう。

たしかに葛野にとって美咲は娘のような年齢である。社会人としても、子供扱いされるのは仕方ないとは思う。しかし、ここは支社の現場ではなくて人事部であり、葛野は社員にコンプライアンスやルールを遵守させる側の立場にいるのだ。

「学校じゃ教えてくれなかったかもしれないが、世の中っていうのは、綺麗事《きれいごと》ばかりじゃまわらないいんだよ」

「おっしゃっている意味がわかりません」

「企業のほうにも事情ってもんがあるってことだ」

葛野が、会議テーブルに置かれた資料を拾いあげた。

「不正な商売をするのに、どんな事情があるっていうんですか」

美咲は葛野に向きなおる。

「談合は、企業に大きな利益をもたらすってことだ」

「そんな――」

「企業活動は慈善活動じゃない。社会に幸せを提供するなんてお堅い企業理念を掲げたって、従業員に給料を払えなければ仕事はしてもらえないし、そもそも倒産しちまえば理念の実現だってできやしないんだ」

「それはそうかもしれませんけど……」

「それに、談合って競争するより楽な商売なんだよ」

「どうしてですか」

その美咲の疑問には土方が、

「お客様にとって価値ある提案を作りながら、自社でも利益をあげることは大変なんだ。この二つは時として相反する場合があるからな。だったら、談合して価格調整してしまうほうが、営業にとってははるかに楽だ。とくに内部通報があったのは、正確に言えば行政が相手の入札談合ではなく、民間企業が相手のカルテルだからな」

眉間《みけん》に皺《しわ》を寄せたまま答えた。

「カルテルって談合とは違うんですか」

「談合は主に入札でどの企業が契約を取るかを事前に取り決める行為で、カルテルは同業者間で価格や販売地域などを協定して市場をコントロールする行為だ。談合もカルテルも、企業が競争を避けて不当に多額の利益を得ようとする取引として、独占禁止法で規制されている」

「でも、内部通報があったんですね」

「そうだ。内部通報によれば、大手自動車ディーラーのネットワークシステム再構築の大型案件で、関東、関西、東海《とうかい》、九州、東北《とうほく》のブロックごとに競争見積になったんだが、当社を含む三社の大手IT販売会社が裏で手を組んで見積価格を操作した。その価格カルテルを主導したのが、当社の愛知支社だというんだ」

コーヒーを口にした土方が、苦そうな顔をする。

「しかも、よりによって愛知支社だ。これは面倒くさいことになるかもしれんな」

葛野があからさまな溜息《ためいき》を吐いた。

「どういうことなんですか」

美咲は意味がわからず、葛野に尋ねる。

「おい、土方。部長殿に説明してやれ」

葛野に促された土方が、

「愛知は、石田社長が長年にわたり支社長を務められていた支社だ」

「それの何が面倒なんですか」

「愛知支社の営業体制や営業文化を作ったのは、石田社長だってことだよ。当時、業績未達をつづけていた愛知支社を、石田さんが支社長になって立て直したんだ。いや、立て直したどころじゃない。全国屈指の好業績の支社に押しあげ、石田さんはその実績を評価されたことで営業本部に異動し、いくつかの事業責任者を経て営業本部長に昇進した。その後は、愛知支社で石田さんの部下だった優秀な人材を全国各地の支社長に登用し、営業本部は飛躍的な業績をあげたんだ。そして石田さんは、今はうちの会社の社長だ」

「だとしても、内部通報は今の愛知支社からあがってきたんですよ」

「だから、面倒くさいことになりそうだって、葛野課長が言ったんだよ。愛知支社長の水《みず》野《の》さんは、石田社長の懐刀だった人だ」

「でも、談合やカルテルは社会にとって許されないことなんですよね」

「そりゃそうだが」

「だったら、水野支社長が石田社長の懐刀だった人だとしても、許しちゃだめってことじゃないですか」

「美咲さん、言ってる意味がわかってる？　水野支社長を手繰っていくと、石田社長に行きつくかもしれないんだよ」

「それでも、だめなものはだめなんです」

美咲は土方の目をまっすぐに見ながら、力を込めて言った。

「お腹空きましたね」

美咲は新幹線をおりて、名古屋駅のホームに立った。東京駅を出てから一時間三十五分。手首のアップルウォッチを見ると十二時を少しすぎている。

内部通報をしてきた愛知支社の社員とは、十三時に会う約束をしていた。ゆっくりと昼食を取っている時間はなさそうである。

「サクッと食べていくか」

土方が時計を気にしつつ、嬉《うれ》しい提案をしてくれる。

「でも、時間が足りなくないですか」

「まあ、ついて来いよ」

土方が歩き出した。美咲は後を追う。

美咲は、呆気《あっけ》に取られて、ポカンと口を開けてしまう。土方が立ち止まったのは、新幹線の下りホームにある立ち食いの店だった。

見あげると、看板には「きしめん」と書かれている。

「立ち食いだからって、侮るなよ。ここは出張族にとって、伝説の店なんだ。この店できしめんを食べないと、名古屋に出張した気にならないって言う会社員は日本中にいるんだぞ」

「ほんとですか」

「東京から大阪への出張にもかかわらず、わざわざ名古屋駅で途中下車してこの店に寄る人もいるくらいだ」

「わたし、立ち食いの店に入るの、人生で初めてなんですけど」

「これも一人前の人事部長になるための通過儀礼だ。会社員の人事を担当するなら、新幹線名古屋駅ホームのきしめんは食べておかないとな」

「ほんとですか」

「食えばわかるよ。一杯のどんぶりに、鰹《かつお》の削り節と一緒に、出張族の哀愁がつまっているから」

土方が券売機にスマホをかざし、きしめんの食券を購入した。美咲も真似をして食券を買う。その間にもホームには新幹線が滑り込んで来ていた。

店内に入ると、カウンターだけしかない。土方に倣って、美咲も食券をカウンターに置いた。

わずか数秒で、きしめんが出てくる。

黒いくらいの濃い出汁《だし》に、平打ちの太麺《ふとめん》が泳いでいた。油揚げと刻み葱《ねぎ》、そして鰹の削り節がかかっただけのシンプルなきしめんだ。ふわっと鰹出汁の優しい匂いに包まれる。

割《わ》り箸《ばし》を割って、すぐに食べはじめた。

「美味《おい》しいです!」

「だろう」

土方が嬉しそうに目元を緩める。

イケメンでも立ち食いが似合うのは、ちょっと意外だ。立ち食いのきしめんを食べているだけで、なんだか良い人に見えてくるから不思議だった。

「きしめんマジックですね」

「なんだよ、それ」

「ううん。なんでもないです……」

　本当においしいきしめんだ。

「……ところで葛野課長って、どうしてあんなに不真面目なんですかね」

　美咲はきしめんに一味唐辛子を振って味変をしながら、土方に尋ねる。

「ふーん。美咲さんには、そう見えるか」

「だって、いつだってお酒臭いし、会議中は居眠りばかりだし、残業は絶対にしないし、おまけに毎月必ず有給休暇を取って旅行してるんですよ」

「旅行じゃないよ」

「えっ？」

「北海道に帰っているんだ」

「帰省ですか」

「葛野さんの自宅は東京だ。北海道支社長だったときは、単身赴任で札幌《さっぽろ》に暮らしていたから、向こうに帰る場所はないさ」

「旅行でもなく、帰省でもなければ、いったいなんのための有給休暇なんですか」

「墓参りだ」

「どなたのお墓参りですか」

「葛野さんが支社長時代に、可愛がっていた部下が亡くなったんだ」

「どうして？」

「事故だか、事件だか、それとも……」

土方がきしめんのどんぶりを両手で持ちあげ、ズズズッと汁を飲んだ。

「それとも？」

「自殺だか、死因はわかっていない。その部下には、奥さんと小さな子供がいた。葛野さんは、毎月の月命日には必ず墓参りに行き、残されたご家族に会いに行っている」

「それで有給休暇ですか。でも、いくら元部下だったからって、なんでそこまでするんでしょうか」

「僕は知らない。本人に訊《き》いてみれば」

「でも……」

土方が腕時計に視線を落とす。

「いいから、サッサと食えよ。立ち食いで時間をかける客ほど迷惑な奴はいないからな」

土方の言葉に、美咲は慌ててきしめんを啜《すす》った。

愛知支社の近くの貸し会議室で、内部通報者の三宅信康《みやけのぶやす》と会った。

本社人事部と会っていることが知られたら、三宅が内部通報者であることがバレてしまう。三宅との面談には細心の注意を払わなければならない。

公益通報者保護法では、企業には通報に基づく調査を誠実に行うことが求められ、なおかつ、通報者の匿名性の確保が義務づけられていた。

ちなみに通報者は、会社内に設けられた窓口である内部通報先、厚生労働省や消費者庁などの行政機関に設けられた外部通報先、そして特定の要件を満たす場合に限って報道機関などの外部に通報することができる。

つまり、会社として内部通報の調査と通報者の保護を怠れば、行政機関や報道機関に駆け込まれてしまう可能性があるということだ。

ハピネス・ソリューションズ・ジャパンでは、本社人事部内に通報窓口を設けていた。担当は土方だ。ここでは美咲と土方の責任は大変に重いものといえる。

「人事部責任者の桜木です」

貸し会議室の安っぽい空調が、カビ臭い風を吹きだしていた。

美咲は名刺を出しながら、内部通報者である三宅の顔を見る。

「愛知支社営業部長の三宅です」

三宅は愛知支社ほどの大きな支社で、営業部長を務めている。事前に人事ファイルを確認してきたが、経歴については申し分のないものだった。

年間表彰制度では、五年連続で社長賞を受賞している。もちろん、人事考課もAランク評価をつづけていた。

このまま実績を積み重ねていけば、支社長になる日も遠くはないだろう。地方の小さな支社であれば、今すぐに任じられてもおかしくないほどだ。

美咲につづいて、土方も名刺を交換する。

「土方くんに、まさかこんなところで会うことになるとはな」

三宅が怪訝《けげん》そうに、土方の顔を盗み見ていた。

「それは僕のセリフですよ。まさか三宅さんが内部通報をされるとは、こうやってお会いしても、まだ信じられないです」

土方のほうは、まったくの無表情だ。

「君が我が社にいることも知らなかったんだ」

「僕はマルイー入社じゃないですしね」

「そうかもしれないが……」

「日本の大学を出たあと、推薦でハーバードの大学院に進み、ハーバード・ビジネス・スクールでＭＢＡを取りました。それからハピネス・ソリューションズ・アメリカに入社して、二年前に当社に転籍願を出して、受理されたんです。日本ではケイキに配属になったんですが、なぜか社内出向で人事部にいます。まあ、たぶんその理由は、この人でしょうけど」

土方が美咲に視線を投げた。

「どういうことですか。土方さんがすごい人だっていうのは知ってましたけど、販売代理店の縁故があるなんて、人事ファイルには書いてなかったです」

美咲は土方と三宅の顔を交互に見る。

土方の口から出たマルイーという言葉は、彼がハピネス・ソリューションズ・ジャパンの販売代理店の関係者であることを意味しているのだ。

「なんだ。君は上司にも話してなかったのか」

「別に隠していたわけじゃないんですが、話をするきっかけもなかったですから」

土方が肩を竦《すく》めた。

「土方さん、何を隠しているんですか。わたしにも教えてください」

美咲は土方に詰め寄る。

「だから、隠していたわけじゃないって。ただ、僕は愛知にあったHSジャパンの販売代理店の息子だっていうだけだよ。愛知では老舗《しにせ》の会社で、従業員も八十人以上はいたんじゃないかな。もっとも、会社は業績悪化によりHSジャパンにM&Aされてしまったから、影も形も残ってないけどね」

「うちに吸収されたんですか」

「そうだよ。ある日突然、会社も自宅もなくなった。そのときに僕はまだ高校生で、母は家を出て行き、父は庭の木で首を吊《つ》った。僕は祖父母を頼り、大学までは出してもらえた。新聞の地方面に小さく記事が載った程度の、どこにでもよくある話さ」

美咲は土方の横顔から視線を逸《そ》らせなかった。

こんなに悲しそうな顔の土方を初めて見た。

「すまなかった。本当にすまなかった」

三宅がいきなり床に両手をつき、土下座をする。さらに床に額を押しつけ、詫《わ》びの言葉を繰り返した。

「やめてください。あのときの担当営業だったからって、三宅さんの責任ではありませんよ。三宅さんは営業としての仕事をしただけで、会社を潰《つぶ》したのは父が愚かだったせいですから」

「しかしあのとき、わたしがもっとしっかりしていれば――」

「本当にやめてください。それでも結果は同じだったと思います。営業は所詮は会社の歯車です。歯車は仕組みのとおりに動くだけです。悪いのは、すべてその仕組みです」

土方が片膝《かたひざ》をつくと、三宅の手を取って立たせる。

「土方さん、その仕組みってなんですか」

美咲は、土方と三宅が会議テーブルに座るのを待って、自分も椅子の背を引きながら問いかけた。

「その質問には、わたしがお答えしましょう……」

そう言った三宅の声は、まだかすかに震えている。

「……HSジャパンと販売代理店との契約の中に、仕入れ割戻し制度というものがあります」

「仕入れ割戻しですか」

直売の営業として採用された美咲は、営業職として新入社員研修を受けてはいたものの、販売代理店向けの知識は皆無と言っていい。

「販売代理店がHSジャパンから一定の期間に仕入れた商品の総額や台数に応じて、仕入れ金額の一部を返金する仕組みのことです。総額や台数が増えれば増えるほど、還元が大きくなり、結果として仕入れ金額のパーセンテージがさがるという仕組みになっているのです」

「それって、リベートじゃないですか」

「そうですよ」

三宅が平然と言って退《の》けた。

「いいんですか」

「別に違法ではありません。多くの企業が当たり前のように行っている日本の商習慣の一つです。だが、桜木部長がご心配されるように、これは清濁《せいだく》併せ吞《の》む、いや、治療薬と麻薬を一緒に吞むような危険な仕組みでもあります。販売代理店からすれば、とにかくたくさん仕入れさえすれば原価率がさがっていくので、利益を増やすことができます。だが、少しでも還元を多く得ようとするならば、本来は不要な商品まで在庫として仕入れてしまうことになる」

三宅の後を土方がつづける。

「僕の父の販売代理店は、大口の取引先の倒産のあおりを受けて、経営は火の車だったんだ。それで禁断の果実に手をつけてしまった。売れる見込みが怪しいほどの量の商品を、とにかく全体の仕入れ金額をさげたいがために、無理をして仕入れてしまった。もちろん、全部が売れさえすれば、むしろ利益は増える。だけど、そんなギャンブルは、得てしてうまくいくはずがないんだ。結局、父は首を吊るはめになり、会社はHSジャパンのものになってしまった」

「すみません。あのとき、わたしが社長を止めてさえいれば」

「だから、三宅さんのせいじゃないですって」

「違うんです。わたしは自分の成績をあげたくて、土方社長の会社では捌《さば》ききれない量であることをわかっていながら、商品を卸してしまったんです」

三宅の頰を、涙の滴が流れた。

「悪いのは歯車ではない。歯車を動かしつづけた連中です。当時の水野営業部長、そして石田支社長です」

土方が憎悪を込めて、二人の名前をあげる。それを聞いて、美咲は凍りついた。

愛知支社の当時の水野営業部長と石田支社長とは、今の水野支社長と石田社長のことである。

「土方さんは、いったいなんのねらいがあってHSジャパンに入社したんですか」

美咲は黙っていられず、土方に問いかける。

「ねらい？　やめてくれよ。僕にそんな大それたものはないさ」

土方が皮肉な笑みをこぼした。寒気がするような冷たい笑顔だ。

「嘘です。わたしは土方さんと一緒に仕事をしてきました。まだ短い期間かもしれませんけど、いつだって土方さんのことを見てきました。土方さんのことは、少しはわかるつもりです」

美咲はまっすぐに土方を見つめた。

「じゃあ、聞くけど、美咲さんこそ、どうして新人にもかかわらず、人事部長なんて責任の重い仕事を引き受けたんだい？　美咲さんの同期たちは、全国の営業所に散らばって、もっと楽しく新人らしい仕事をしているよ」

「わかりません。でも、逃げたくないって思ったんです。わたしにできることがあるなら、誰かの役に立ちたいって」

「土方さんも？」

「僕だって同じさ」

「そうさ。自分一人の力で、何かを変えられるなんて思っちゃいない。それほど自惚《うぬぼ》れてはいないよ。それでも、僕や父が味わった苦しみを、もう誰にも繰り返してほしくないって思う。だから、僕はこの会社に入った。父の会社はＨＳジャパンに吸収されてしまったからね。今は、ここが僕の居場所なんだ」

ああ、まずい。わたし、泣きそうだ。

美咲は慌てて、土方から視線を逸らした。

「土方さん。わたしも一緒に頑張ります！　何をしたらいいのか、教えてください！」

「もう、単純だなぁ。いいかい。僕は部長補佐だよ。美咲さんを補佐するから、これからも思う存分に美咲さんらしい仕事をしてくれよ」

土方が輝くような笑みを浮かべる。

ヤバい。イケメンはどこまでいってもイケメンだ。

美咲と土方の話を聞いていた三宅が、

「でしたら、わたしのことをうまく使ってください」

覚悟を決めた面持ちで言った。

「ありがとうございます。今日はそのつもりで名古屋に戻ってきました。三宅さんの内部通報を役員会に上申して、社内で大きな問題にしたいと考えています」

土方が三宅に向きなおる。

「そうでしたか。ならば、少しはお役に立てそうだ。それにしても、わたしが内部通報に踏み切り、窓口が土方くんになるなんて、やはり悪いことはできないものだ。因果応報だな」

「何を言ってるんですか。これこそめぐり合わせです。三宅さんが声をあげてくださらなければ、談合やカルテルを良しとしてきた営業体質を明るみに出すことなんてできなかったんですから」

「だとしたら、わたしも通報した甲斐《かい》がある」

三宅が何度もうなずいた。

「でも、どうして内部通報に踏み切られたんですか。こんなことをしたら——」

「会社を敵にまわすことになりかねない」

「そうです。このままいけば支社長の椅子に座られるのも時間の問題だったはずです」

土方が心底から不思議そうに首を傾げる。

「それはないです」

三宅が否定した。

「今までの実績も、人望も、支社長として申し分のないものです」

「だめなんですよ。もう、時間がないんです」

三宅が視線を落とす。その先にある手が、かすかに震えていた。

「何かあったんですか」

「人間ドックに引っかかりましてね。精密検査をしたところ、膵臓《すいぞう》に腫瘍《しゅよう》が見つかりました」

「そんな！」

「日本人は男性のおよそ六割が、女性でもおよそ五割が癌と診断されています。二人に一人は癌になるんですから、わたしがなったとしても数字的には驚くようなことではありません」

「だからって……」

土方が悔しげに眉《まゆ》を寄せた。

「まさか自分がって思いました。わたしの場合は、サイレント・キャンサーというそうです。沈黙の癌ですね。膵臓癌は初期症状が少ないため、早期発見が難しい。ステージⅡの場合は、手術をしても五年後の生存率は二十パーセント程度とのことです」

「手術をされるんですよね」

「医者は手術を勧めてくれていますが、正直言って、少し迷っています」

三宅が小さく首を左右に振る。

「どうしてですか」

「ずっと仕事一筋で、家庭を顧みないで生きてきました。もし手術をすれば、長期の入院生活が待っています。それだけ家族とすごす残りの時間が減ってしまうことになる。お金のことも含めて、家族に負担をかけることにもなります」

「だけど、それじゃ……」

「今、仕事の引き継ぎをしているところです。来週から休職に入らせていただきます」

「そうだったんですか」

「もう、会社に戻ってくることはないかもしれません」

「何を言ってるんですか」

三宅が分厚い資料を鞄《かばん》から取り出し、

「これは内部通報の経緯について、詳しく記した報告書です。過去の案件における談合やカルテルの参加企業、それに各社の見積金額など、すべての記録を残してあります。これをどう使うかは、桜木部長と土方くんにお任せします。どうか、後はよろしくお願いします」

うやうやしく土方に差し出した。

「わかりました。絶対に無駄にはしません」

土方が資料を受け取る。

「これで安心しました。思い残すことなく、会社を去ることができます」

三宅が寂しげに微笑んだ。

「あのー、少しだけわたしのことをお話ししてもいいでしょうか」

どうしようかと迷ったが、美咲は三宅に声をかけた。

「なんでしょうか」

「わたしの父も癌なんです」

「それは申しわけありませんでした。変な思いをさせてしまったかもしれませんね」

三宅の目に動揺の色が走る。

「いいえ。大丈夫です。闘病生活が長いので、本人も家族もすべてを受け止めていますから」

「そうですか。それで、お父様の具合はいかがですか」

「胃の一部を切除する手術をしました。それでも癌が転移していて、全部は取り切れなかったそうです」

美咲の話が意味することを、三宅はもっとも切実に理解しているだろう。

「今も入院されていらっしゃるのでしょうか」

「はい。週末はわたしも病院に行って、できるだけ一緒にすごすようにしています」

「それはお父様も喜んでおられるでしょう」

「父が、言ってくれたんです。わたしのウエディングドレス姿を見るまでは、必ず生きてみせるって」

「ご予定がおありなんですか」

「ぜんぜんです」

美咲は苦笑して、首を横に振った。

「そうですか。お父様はそんなことをおっしゃってるんですか」

「世界一、優しくて強いパパだと思います」

美咲の目に静かに涙が溜《た》まりはじめ、やがて、一筋の滴が頬を伝いおちる。

「人って、死ぬまでは生きているんですよね」

「はい。そう思います」

「桜木部長。お父様のことを話してくださって、ありがとうございます」

「いいえ。勝手にわたしのことで、すみません」

「そうですか。お父様も……」

三宅が目を閉じ、何かに思いをめぐらせている。そして、再び目を開け、

「……わたしも、手術を受けてみることにします」

美咲に向かって思いを口にした。

「えっ？　ほんとうですか」

思わず、身を乗りだしてしまう。

「わたしにも、娘がいるんです。家族のために、わたしが戦わないでどうするんだって、あなたのお話を聞いて思いました」

「娘さんも一緒に戦ってくれますよ」

「わたしも、この目で娘のウエディングドレス姿を見たいです」

「きっと三宅部長の娘さんも、お父さんのことが大好きだと思います」

美咲は笑顔を返すと、ハンカチで頬を伝う涙を拭《ぬぐ》った。

3

愛知支社の支社長室で、美咲は土方とともに水野支社長と対峙《たいじ》していた。

「わたしは忙しいんだ。いくら本社の人事部長だからって、アポも取らずにいきなり押しかけてきて失礼じゃないかね！」

水野が本革のソファに深々と腰かけ、腕組みをして美咲を睨《にら》みつける。

ヘビースモーカーなのだろう。身じろぎするたびに、きつい煙草の臭いがテーブルを挟んだ美咲のほうにまで漂ってきた。

「非礼はお詫《わ》びいたします。緊急を要する特別な事情がありましたので、どうかご容赦ください」

美咲は素直に頭をさげる。

「なるほど。新入社員の分際で人事部長に取り立てられた生意気な女がいると話には聞いていたが、それが君だったのか。会長もいったい何をお考えになっているのか。正直なところ、正気を疑うよ」

水野が、まるで子供が不貞腐《ふてくさ》れたかのように、あからさまに苛立《いらだ》った様子を見せる。これも相手への圧力なのだ。水野流の上下関係の築き方なのだろう。

負けないから！

美咲は、強く奥歯を噛《か》み締めた。

「わたしについてのご指摘は、返す言葉もありません。未熟な若輩者ですので、先輩のみなさんに助けていただきながら、なんとか仕事をしています」

「まあ、新人なんて、そんなものだろう。いいかね。企業という組織は、実績がすべてなんだ。数字が絶対なんだよ。そして、その数字を作っているのは現場だ。現場が一番なんだ。いったい誰のおかげで飯が食えているのか、本社の連中は、すぐに勘違いをしてしまう。君も気をつけなさいよ」

「ご教授いただき、ありがとうございます」

「なあに、若い者を指導するのも、支社長の務めだからな」

水野が足を組み替える。

「水野支社長のおっしゃるとおり、現場が一番であることは、本当にそのとおりだと思います」

「わかっていればいいんだ」

水野が満足げにうなずいた。

「ただ、わたしは人事部長として、数字が絶対というお考えだけは承服できません」

「なんだと！」

水野が怒りに目を見開く。

「業績至上主義は短期的な利益を求めがちになり、長期的な視点が欠けてしまう危うさがあります。それでは社会から、企業としての信頼を得ることはできません」

「だからこそ、第一線の社員たちが道を誤らないように、わたしのような支社長がいるんだろう」

「おっしゃるとおりです。上司から業績ばかりを追わされている社員は、仕事のやりがいや人生の生きがいを見失っていることが多いです。会議の席が数字の話ばかりで、お客様について語られないような現場では、従業員満足度がさがってしまい、結果として業績が低迷して、離職率が増加してしまうことになりかねません」

「利いた風な口をきくな！　君は誰に向かってものを言ってるんだ！」

水野の額に青筋が走った。

「過度に業績を追い求めると、法令遵守や倫理的な活動が軽視されがちになります。企業は社会的な責任を果たしながら健全な事業活動を行うことで、市場から信頼を得たり、社員のやりがいを醸成することができ、結果として業績も向上するのではないでしょうか」

「新入社員研修で習ったような型どおりの知識で、支社長であるわたしに説教するつもりか」

水野が鼻で笑う。

「はい。請け売りで申しわけありません。でも、今の話は新入社員研修の中で行われたトップセミナーで、当時の駿河社長に教えていただいたものです」

「だからなんだと言うんだ！　いったい、君は何が言いたいんだね」

駿河の名前を出したことで、水野があからさまに不愉快そうな顔をする。水野が足を貧乏揺すりのように震わせ、苛立ちを露《あら》わにした。

美咲は土方と視線を合わせる。土方がうなずいた。

「では、こちらの報告書をご覧ください」

土方が鞄《かばん》から資料を取りだして、水野にわたす。

「なんだね、これは」

「愛知支社営業部の三宅部長が作成した、愛知支社における不当取引の報告書です」

「な、なんだと！」

「人事部に内部通報がありました。当社として公益通報者保護法に則《のっと》り、正式にこれを受理し、内容について通報者である三宅部長にヒアリングを行いました」

「ばかな。三宅が内部通報だと！」

水野が激しい怒りに、醜く表情を歪《ゆが》めた。

「三宅部長には、大手自動車ディーラーのネットワークシステム再構築の大型案件で、当社主導によりカルテルを行った事実について、詳しくご報告をいただいています。さらには過去における数々の談合についても、具体的な証拠を示してくださっています」

「嘘だ！　愛知支社で談合やカルテルを行ったなんて事実はない。支社長であるこのわたしが断言する！」

「そうでしょうか？　三宅部長にヒアリングした結果として、人事部では水野支社長とは異なる見解をもっています。三宅部長の内部通報は、信憑性《しんぴょうせい》の高いものであると判断しています」

「ふざけるなよ！　そんなものは、すべて三宅の作り話だ。あいつは病気で休業するんだ。もう癌で助からないんだよ。自棄《やけ》になって、あることないこと騒ぎたてているだけだ。そんなやつの言っていることが信用できるか」

　その水野の言葉に、土方が怒りを露わにする。

「そうやって、使えなくなった駒は切り捨てていくんですね」

　土方が鋭い光を放つ目線を水野に向けた。その目には怒りと決意が宿っている。

「なんだと……」

「あのときもそうだった。業績の厳しくなった販売代理店は、救済するのではなく、追い込んで自滅させ、支社で呑《の》み込んでしまう。老舗《しにせ》の販売代理店は優良な地場大手の顧客をたくさん抱えています。支社としては販売代理店に卸販売するよりも、そういう優良な顧客と直接取引したほうが、はるかに業績はあがるわけですからね」

「なんの話をしているんだ」

「僕の名前を見ても、思い出していただけないんですね。まあ、当時の僕はまだ高校生でしたから仕方ないですけど、実は何度かお会いしたことがあるんですよ。ねえ、水野営業部長」

その言い方に、気づくものがあったようだ。

「まさか、ヒジカタ事務機の……」

「やっと思い出していただけましたか。そうです。ヒジカタ事務機の社長だった土方義三《よしぞう》は、僕の父です」

水野の顔色が、みるみる蒼白《そうはく》になっていく。

「土方社長の息子が、なんで人事部にいるんだ」

「これも父の導きかもしれません。僕は人事部で、内部通報の窓口担当なんですよ。今回の内部通報については、徹底的に調査をさせていただくつもりです」

「よ、よせ！」

水野がソファから立ちあがった。

「調査結果は、役員会に提出します」

「やめてくれ」

「無理ですね」

「頼むから、やめてください」

「それはできません」

「そんなことをされたら、わたしは支社長の立場を失うことになってしまう」

先ほどまでの威勢の良さは消え失せ、同情を買うために必死の形相をしている。そこには支社長としての威厳など微塵もなかった。

「それだけのことをしてきたんじゃないんですか」

「待ってください。わたしには家族がいるんだ。子供はまだ高校生で、親の手がかかる。家のローンだって残っている。どうか、助けてください」

「脅してだめなら、次は泣き落としですか。いいですか。家族がいるのは、あなただけじゃない。三宅さんにだっているし、僕にだっていたんだ」

「調査なんてしたら、どうなるかわかっているのか」

「どうなるって言うんですか」

「談合やカルテルは愛知支社の体質だ。脈々と受け継がれてきた文化なんだよ」

「悪しき文化は断ち切らなければなりません」

土方の目には決意の光が宿っている。

「断ち切るためには、根元まで辿ることになるんだぞ。そこに誰がいるのか、わかって言っているのか」

ここまで愛知支社が華々しい業績を築いてこられたのは、石田社長が支社長時代に作りあげた販売体制のおかげだ。功罪相半ばする。紐解けば、必ず問題も露呈するだろう。

「だからなんだって言うんですか！」

美咲は、二人に割って入った。

「君は新人だから、組織というものがわかっていないのだ」

水野が冷たい視線を送ってくる。

「わかっていないのは、水野支社長のほうです」

「談合もカルテルもなかった。悪いことを言わないから、役員会にはそう報告してくれ。それが会社のためでもあるんだ」

「それ、却下です！」

「なんだと！」

「人事部の仕事は、社員を幸せにすることです。そのためなら、わたしはなんだってやります。だって、それが人事部なんですから」

「本気でやるつもりなのか」

「公益通報者保護法では、内部通報者の身分について詮索《せんさく》してはいけないことになっていますが、今回は三宅部長ご自身の強い意向により、実名にて報告をいただいています。三宅部長からは、必要があれば役員会に出席して証言してもいいとまで言っていただいています」

「俺は絶対に認めないからな」

「水野支社長、往生際が悪いですよ。三宅さんは、もう覚悟を決めているんです！」

「覚悟だと？」

「覚悟を決めた人の強さを、思い知ってください。三宅さんも土方さんも、そしてわたしも、本気で戦う覚悟をしていますから」

美咲の言葉に、水野がその場に崩れ落ちた。

4

大久保は社長室で、石田社長の前に立っていた。

「読んでみたまえ。人事部から次の役員会に提出される予定の報告書のコピーだ」

石田が不機嫌さを隠さず、荒らげた声が社長室中に響きわたる。大久保に向かって、石田が分厚い資料を投げつけてきた。

「失礼します」

大久保は床に散らばった資料を慌てて拾い集めると、内容に目をとおす。数ページを読んだだけで、みるみる血の気が引いていくのを感じた。

「そこにはわたしの名前も出てくる。愛知支社が談合や販売代理店潰《つぶ》しも厭《いと》わぬ業績至上主義に陥ったのは、過去の支社長によるものが大きいと書かれているんだぞ。これがどういうことか、わかるかね」

石田が憎々しげに言葉を吐き捨てる。

「まったくもって、けしからんことです」

「大久保くん。君は、ばかなのか」

「い、いや……」

「そういうことを言ってるんじゃない。これは社長であるわたしへの挑戦状だってことだよ。それもだ。駿河が抜擢《ばってき》した新人の小娘が、堂々とわたしに刃向かおうとしているんだ」

「とはおっしゃいましても、たかが女一人のことですから——」

大久保は額を流れる汗を、ポケットから取り出したハンカチで拭《ぬぐ》った。

「じゃあなんで、こんなものが役員会にあがってくるんだ？」

「管理本部の中でも、とくに人事部は駿河会長の息がかかっている者が多くて、なかなか手を焼いております」

「大久保くん。君のネズミが人事部にもいたはずじゃなかったのかね」

「そ、それが……」

大久保は、自分でも真っ青な顔をしていることを自覚する。

「まさか、あの盗撮騒ぎを起こした課長が、そのネズミだったなんてことはないよな」

「申しわけありません」

大久保は、額が膝《ひざ》につきそうなほど深々と頭をさげた。

「君のような男のことを、なんていうか知っているか？」

「い、いえ」

「役立たずというんだ。もういい、出て行きたまえ」

「はっ？」

「聞こえなかったのかな。社長室から出ていけと言ったんだ！」

「しかし――」

「そうだ。その前に訊《き》いておく。君は雪国と南国とどちらが好きかね」

「とおっしゃいますと？」

「赴任するなら、北の果てと南の島のどちらに行きたいかと訊いたんだ」

「社長。どうか、それだけはお許しください」

目の前が真っ暗になるとは、まさにこういうことだ。

「最後にどっちが好きか、それくらいは答えてから出て行きなさい。もう、君をここに呼ぶことは二度とないと思うからね」

そのとき、社長室のドアがノックされる。

「おおっ。待っていたぞ。入りたまえ」

石田に声をかけられて社長室に入ってきた男を見て、大久保は口から心臓が飛び出しそうなほど驚く。

「大久保くん。紹介しておこう。今後、わたしに力を貸してくれることになった人事部の土方俊彦くんだ」

「ど、どういうことでしょうか」

たしか土方は、桜木人事部長を補佐するポジションにいる男のはずだ。それがなぜ社長に呼ばれたのだろうか。

「土方くんは、とても優秀な社員だ。ケイキに籍を置いていながら、人事部に期限付きで異動をして、数々の実績をあげてくれている。この度は愛知支社に蔓延《はびこ》ってきた不当取引という悪習を、見事に明るみにだしてくれた。愛知の水野支社長には、責任を取って関連子会社に出向してもらうことにしたよ」

「水野さんを切るんですか」

「当たり前だろう。勝手に談合やカルテルなんて、とんでもないことをしてくれたんだからね」

「しかし、それについては……」

石田の名前をあげそうになって、大久保はかろうじてその言葉を呑《の》み込んだ。

「何か、あるのかね」

「いえ、何もございません。でも、水野さんは石田社長の懐刀とまで言われてきた方じゃないですか」

「なあに、心配はいらんよ。これからはこの土方くんが、代わりを務めてくれるからね。ちなみに不当取引の件は、水野支社長にすべての責任を取ってもらうことで、役員会ではそれ以上の追及をしない方向で調整済みだそうだ。その筋書きを書いてくれたのは、すべてこの土方くんだ。どこかの誰かと違って、土方くんは仕事が早くて助かるよ」

「ご評価いただき、ありがとうございます」

土方が、大久保などまるでそこにいないかのように、石田だけに向かって笑顔を見せる。だが、その目が、ぞっとするほど冷たく光っていたことに気づいていたのは、どうやら大久保だけのようだ。

「失礼いたします」

大久保は深く一礼すると、そのまま社長室を辞去した。

5

土曜日の午前中。美咲は大学病院に父の英樹を見舞いに行った。

「美咲。その頭、どうしたんだ」

英樹が美咲の姿を見るなり、大きく目を見開いて声をあげる。

「へへへー。ちょっとイメチェンしちゃった」

美咲は肩にかかるくらいのセミロングヘアを、バッサリとショートに切ってしまった。

「イメチェンって……」

「ピクシーカットって言うんだよ。めっちゃ短く切り込むスタイルで、フェミニンな雰囲気を出しながらもエッジが利いたデザインが海外セレブみたいで格好いいよね。『ローマの休日』でオードリー・ヘプバーンがしたことで流行《はや》ったんだって。パパ、ヘプバーン好きでしょ」

「何も、そんなに短く切らなくても」

「人事部長として人に会う機会が増えたから、個性が強くて、顔の表情がはっきりと見える髪型のほうがいいかなぁって思ってさ。それにショートヘアのほうが、手入れも楽だし」

そこへ、弟の疾風も病室に顔を出した。

「なんだ。疾風まで……」

英樹が絶句した。

疾風も坊主頭のように短く髪を切っていた。

「ちょっと、さっぱりしてみた」

「おまえ、髪型を気に入ってたんじゃないのか」

坊主頭にする前の疾風は、マッシュヘアといってキノコのような丸みを帯びた中性的なヘアスタイルをしていた。韓国のメンズアイドルを真似たもので、原宿《はらじゅく》の人気の美容室でカットしてもらったと自慢していたのだ。

「疾風、なんであんたまで髪を切ってるのよ」

美咲は厳しい口調で弟に突っ込む。

「姉ちゃんこそ、その頭、どうしたんだよ」

「わたしはイメチェンよ」

「俺だって、なんか飽きたから変えてみたんだよ」

「変えたって、それ坊主頭じゃないの」

「坊主頭じゃねえよ。サイドやトップに少しだけ長さを残してフェードを加えてんの。おしゃれボウズって言って、最先端のヘアスタイルなんだから」

　姉と弟のやり取りを聞いていた英樹が、

「二人とも、ありがとう」

　声を震わせて頭をさげた。その頭は抗癌剤治療をはじめたことで、すっかり毛が抜け落ちてしまっていた。

「疾風、あんたまで変なことするから、パパが気にしちゃったじゃないの」

「俺が悪いって言うの？　姉ちゃんが慣れないことをしたせいだろう」

　姉と弟が言い争う。

「美咲。疾風。おまえたちがこんなに応援してくれているんだ。パパは絶対に癌なんかに負けないからな」

「そうだよ。抗癌剤治療が終われば、また髪は生えてくるらしいから、すぐに格好いいパパに戻るよ」

「ありがとう、美咲」

　英樹の目から、幾粒もの涙が溢《あふ》れた。

「やだ、泣かないでよ。わたし、ショートヘアにして、ますますかわいくなったでしょ」

「そうだな。とってもかわいいよ」

「うん。知ってる」

美咲の言葉に、家族みんなが声をあげて笑う。

どんな苦労も、どんな痛みも、家族三人で力を合わせて乗り越えるんだ。

美咲は軽くなった髪を指先で掻《か》きあげた。

6

新橋の沼津屋に美咲はいた。

正面には駿河会長、その隣には西川秘書室長、そして美咲の隣には社長秘書の簗山絢香が座っている。

「美咲ちゃん、もしかして緊張してる？」

絢香がグラスの冷酒を、ブラウンヌードの口紅が塗られた唇に運びながら言った。

四人でこの店の人気サービスである地酒飲み放題を堪能《たんのう》している。

「もちろん、緊張してるに決まってるじゃないですか。駿河会長とお食事をさせていただく機会など、一生ないと思っていました」

美咲も冷酒のグラスに口をつけながら、チラチラと視線を駿河に向ける。

「大丈夫よ。会長は仕事は厳しいけど、お酒を飲むときはただの呑兵衛《のんべえ》のおじさんだから。いや、そろそろお爺《じい》ちゃんかな」

絢香がすでに赤い顔で笑った。

それを見て、駿河も苦笑している。

「ところで、いつも一緒にいるイケメンは？」

絢香が絡んでくる。

「土方さんは、なんでも、すでに先約があったみたいなんです。せっかくお誘いくださったのに申しわけありません」

「会長との会食を断るなんて、よっぽど大切な用事だったのかしら」

「まだ仕事はたくさん残っているとは言ってましたけど」

美咲は視線を手元のグラスにおとす。

「まあ、会長は美咲ちゃんが来てくれれば、それで満足だと思うけどね」

「そんな……」

どう返事していいか困惑している美咲に、

「築山さんから、この店の地酒飲み放題の話を聞いて、ぜひとも飲みに来たいと思っていたんだ。静岡の銘酒を取り揃えてあると聞いては、静岡県人のわたしとしては、足を運ばないわけにはいかないからな」

そう言って、駿河がグラスの冷酒を旨そうに空けた。

「会長ったら、本当は美咲ちゃんと飲みたくて、口実を探していただけなんじゃないですか」

絢香がケラケラと声をあげて笑う。

「実はそうなんだ。この店での武勇伝を、ぜひとも桜木さん本人から聞いてみたくて」

「武勇伝なんて、とんでもありません。あれは気がついたら、飛びだしていただけです」

美咲は冷や汗がでる思いで首を横に振った。

「許せないと思ったら、相手が誰であろうと立ち向かっていくってことだな」

「後先考えない性格は、たぶん母に似たんだと思います」

美咲は自分で言って苦笑いする。

「お母様は事故で亡くなられたそうだね」

「はい。高校の入学式の日でした」

「それは辛《つら》いことだったね。お母様からは、若いときのことを何か聞いているかい？」

駿河がなぜそんなことに興味を持つのか、美咲は少し気にかかる。

「母の若いときのことですか」

「い、いや。桜木さんが人事部長として頑張っているのは、お母様に似たところがあるからだというなら、いったいどんな人だったのかと興味も湧くだろう」

なるほど、そういうことか。

「母は、信じた道は突っ走る性格だったと思います」

「あら、やっぱり美咲ちゃんと一緒だ」

絢香が横から口を挟む。さっきより、さらに酔っているようだ。

「たしかにそうかもしれません。母は資産家の一人娘だったようですが、平凡なサラリーマンだった父との結婚を反対されたため、駆け落ちまでしました」

「生活は大変だったんじゃないのか」

「子供だったわたしにはよくわかりませんが、おそらく楽ではなかったと思います。でも、よく母はわたしに言っていました。お金以外のほしいものは、全部父がくれたって。父との結婚生活と授かった二人の子供がいれば、母には他にほしいものなんて何もなかったと思います」

冷酒でかなり酔ったようだ。今夜は余計なことも話してしまっている。

「お母様のご実家について、何か聞いていないのかな」

駿河が尋ねてきた。

「父も母も、話してくれたことはありませんでした」

駆け落ちまでして結婚したのだ。なんとなく、母の実家について訊《き》いてはいけないような気がした。

「お母様のご家族に、会ってみたいと思ったことは？」

「母の家族ですか」

「たとえば、お母様の父親とか」

美咲の脳裏に、入院生活を送っている父の姿がよぎった。父の命はもう長くない。父の両親もすでに他界しているので、そうなれば美咲は弟と二人っきりになってしまう。

「わかりません」

美咲はゆっくりと首を横に振った。

「探そうとは思わないのかい」

「母は、最後まで実家には帰りませんでした。母が帰らないと決めていたのであれば、わたしもその気持ちを大切にしたいと思います」

美咲は手にしたグラスの中で、ゆらゆらと揺れる冷酒を見つめていた。

「そうだな。それがいいのかもしれないな」

駿河が誰に言うでもなく、つぶやく。

「会長。お酒がなくなってますよ。西川さんが次のお酒を欲しがってます」

絢香が素っ頓狂な声をあげた。

場の空気が改まる。絢香が気を使ったのかもしれない。

「げんさん。次はなんにしますか」

西川がスマホでメニュー表を開いている。それを隣から駿河が覗き込んでいた。

「開運の純米大吟醸があるじゃないか」

「美味しいんですか」

絢香が期待に目を輝かせる。

「旨いなんてもんじゃない。掛川市の酒だが、さわやかな香りとキレの良さが特徴の銘酒だ」

駿河が相好を崩した。

「美咲ちゃんも開運でいい？」

美咲の答えを待たずに、もうすでに絢香は西川のスマホを奪い取るようにして、四人分の開運を注文している。

一升瓶とグラスを抱えてきたのは、アルバイト店員の春日だ。今でも元気に働いているようで安心した。

春日が四人のグラスに、開運をなみなみと注ぐ。グラスからこぼれた冷酒は、枡《ます》からあふれそうなほどだ。

「みんなで乾杯しましょうよ」

絢香がグラスを高々と掲げる。

「なんに乾杯するんだ?」

西川が真っ赤な頬を揺らした。

「我らの人事部長が、ますますやりたい放題で会社を引っかきまわしてくれるように、っていうのはどうですか」

「それ、却下です!」

絢香が笑顔を弾《はじ》けさせる。

美咲がおどけると、みんなが声をあげて笑った。


(本書は書き下ろしです。本作はフィクションであり、登場する人物・組織などすべて架空のものです)

人《じん》事《じ》部《ぶ》長《ちよう》は新《しん》入《にゆう》社《しや》員《いん》

桜《さくら》木《ぎ》美《み》咲《さき》は逃《に》げません

杉《すぎ》山《やま》大《だい》二《じ》郎《ろう》

令和7年 3月25日　初版発行

発行者●山下直久

発行●株式会社KADOKAWA
〒102-8177　東京都千代田区富士見2-13-3
電話　0570-002-301（ナビダイヤル）

角川文庫 24573

印刷所●株式会社暁印刷
製本所●本間製本株式会社

表紙画●和田三造

●お問い合わせ
https://www.kadokawa.co.jp/（「お問い合わせ」へお進みください）
※内容によっては、お答えできない場合があります。
※サポートは日本国内のみとさせていただきます。
※Japanese text only

ISBN 978-4-04-115561-5　C0193